Harriet Beecher-Stowe

La Case de l'oncle Tom

Traduction révisée de L. Belloc
et A. de Montgolfier
Abrégée par Miguel Degoulet

Classiques abrégés
l'école des loisirs
11, rue de Sèvres, Paris 6e

ISBN 978-2-211-08646-2

Loi numéro 49 956 du 16 juillet 1949 sur les publications destinées à la jeunesse : janvier 2008
Dépôt légal : octobre 2009
Imprimé en France par CPI Firmin Didot
à Mesnil-sur-l'Estrée (97141)

OÙ L'ON PRÉSENTE AU LECTEUR UN HOMME QUI SE PIQUE D'HUMANITÉ

À une heure avancée d'une glaciale après-midi de février, deux gentilshommes étaient assis, en tiers avec une bouteille, dans une confortable salle à manger de la ville de P***, dans le Kentucky.

Les chaises rapprochées indiquaient que le sujet était chaudement débattu.

Pour les convenances, nous disons deux gentlemen, mais, envisagé d'un point de vue critique, l'un n'avait nul droit à ce titre. C'était un homme gros, épais, carré, dont les traits communs, l'allure fanfaronne et prétentieuse trahissaient un individu de bas étage, qui joue des coudes pour faire sa route.

Son compagnon, M. Shelby, avait, lui, la tenue et l'apparence d'un gentilhomme.

– C'est ainsi que je réglerais l'affaire, dit M. Shelby.

– Impossible ! répliqua l'autre en levant son verre.

– Le fait est, Haley, que Tom est un sujet hors

pair. Il vaut cette somme, et partout. Rangé, honnête, capable, régissant toute ma ferme comme une horloge.

– Vous voulez dire honnête à la façon des Nègres, reprit Haley, en se versant un verre d'eau-de-vie.

– Non. Tom est réellement un excellent sujet, sobre, sensé, pieux. Je suis fâché de m'en séparer, je l'avoue. Allons! il faut qu'il solde ma dette... Vous diriez oui, Haley, si vous aviez un peu de conscience.

– N'avez-vous pas quelque chose, garçon ou fille, à jeter dans la balance avec Tom?

– Personne dont je puisse me passer. À dire vrai, il faut une nécessité absolue pour me décider à vendre.

Ici, la porte s'ouvrit, et un petit quarteron[1] de quatre ou cinq ans fit son entrée dans la salle. Il était remarquablement beau et charmant.

– Holà! petit corbeau, dit M. Shelby en sifflant et en lui tendant une grappe de raisin: happe-moi ça!

L'enfant rassembla ses petites forces et sauta pour atteindre l'appât, aux éclats de rire du maître.

– Bravo! dit Haley, voilà un curieux petit singe! Ce gaillard-là promet. Tenez, ajouta-t-il, frappant tout à coup sur l'épaule de Shelby,

1. Métis ayant un quart de sang de couleur et trois quarts de sang blanc.

mettez ce petit drôle pour appoint, et je règle l'affaire.

À ce moment, la porte, doucement entrouverte, laissa passer une jeune quarteronne d'environ vingt-cinq ans.

Il suffisait de comparer l'enfant à la femme pour reconnaître la mère : mêmes yeux profonds et noirs, mêmes longs cils, mêmes ondes de cheveux soyeux.

– Que veux-tu, Élisa ? dit son maître en la voyant s'arrêter sur le seuil avec hésitation.

– Je venais chercher Henri, s'il vous plaît, monsieur.

– Eh bien ! emmène-le, dit M. Shelby.

Elle prit l'enfant dans ses bras et sortit précipitamment.

– Par Jupiter ! s'écria le marchand, voilà un fameux article ! À La Nouvelle-Orléans, vous pourriez faire votre fortune rien qu'avec cette fille. J'ai vu payer un millier de dollars des créatures qui n'étaient pas moitié si belles. Combien en voulez-vous ?

– Monsieur Haley, elle n'est pas à vendre, dit Shelby.

– Vous me donnerez au moins l'enfant.

– Que pourriez-vous en faire ?

– Oh ! j'ai un ami qui exploite cette branche de commerce. Article de fantaisie – ça se vend aux riches, qui ont de quoi payer la beauté pour le service de la table et de l'antichambre. Un joli garçon qui ouvre la porte et vient au premier coup de sonnette donne du relief à une grande maison. L'article est en hausse, et ce petit lutin est si comique qu'il ira à mon ami comme un gant.

– J'aimerais mieux ne pas le vendre, dit M. Shelby d'un ton soucieux. Je suis un homme humain, et il me répugne d'enlever l'enfant à sa mère.

– Ah! ça vous répugne? Oui, c'est assez naturel. Je comprends. Il est horriblement désagréable quelquefois d'avoir affaire aux femmes. Je hais toutes ces criailleries, toutes ces pleurnicheries! Mais j'ai ma façon d'arranger les choses. Il n'y a qu'à envoyer la mère un peu loin, pour un jour ou deux, pour une semaine, c'est selon; alors tout se fait tranquillement – c'est fini quand elle revient. Votre femme pourrait lui donner une paire de pendants d'oreilles, une robe neuve, ou quelque autre bagatelle, pour l'indemniser.

– Je crains que cela ne suffise pas.

– Oh, que si! Ces créatures-là ne sont pas comme les Blanches, voyez-vous: elles passent vite là-dessus, pour peu qu'on sache s'y prendre. Il y en a qui prétendent, ajouta le marchand, que notre genre de commerce endurcit le cœur. Eh bien, je ne trouve pas. Il est vrai que je n'opère pas comme certains. J'en ai vu arracher l'enfant des bras de la mère et le mettre en vente, la femme criant comme une folle. C'est une méthode détestable! L'article s'endommage et devient quelquefois tout à fait impropre au service. J'ai connu, à La Nouvelle-Orléans, une superbe fille que ce procédé a complètement perdue. L'homme qui la marchandait ne voulait pas de son marmot. Elle serrait l'enfant dans ses bras, elle s'y cramponnait; elle parlait!... C'était terrible à voir et à entendre! Quand, après lui avoir enlevé l'enfant de force, ils l'enfermèrent, elle tourna folle furieuse et mourut au bout d'une semaine. Un déficit net de mille dollars, monsieur, et cela faute de savoir s'y prendre! Il vaut toujours mieux faire les choses humainement: c'est mon principe.

Le marchand se renversa sur sa chaise et croisa les bras d'un air de vertueux contentement.

– Je passe pour amener au marché les plus beaux troupeaux de Nègres, tous articles en bon état – gras, dispos! Je m'en vante, monsieur, l'humanité est mon fort, la clef de voûte de mes opérations.

M. Shelby, ne sachant que dire, murmura:

– En vérité! Et votre méthode donne-t-elle réellement de meilleurs résultats?

– Oui, monsieur. Pour peu que la chose se puisse, je prends mes précautions, comme d'éloigner les mères lors de la vente des petits – loin des yeux, loin du cœur, vous savez. Ce n'est pas comme les Blancs, qui sont élevés dans l'idée qu'ils pourront garder leurs femmes, leurs enfants, et tout le reste. Des Nègres bien dressés ne doivent s'attendre à rien de pareil, et les choses ne s'en passent que mieux.

– Alors, j'ai peur que les miens ne soient pas bien dressés, dit M. Shelby.

– Je me doute que non. Vous autres, gens du Kentucky, vous gâtez vos Nègres. C'est leur rendre un fichu service. Un beau cadeau à faire à un Nègre, qui est destiné à être ballotté, fouetté, vendu à Pierre, à Paul, à Dieu sait qui ; beau cadeau que de lui donner des idées et des espérances ! Moi, je crois que je traite les Nègres précisément comme il faut les traiter.

– On est heureux d'être content de soi, dit M. Shelby en laissant percer une nuance de dégoût.

– Eh bien, reprit Haley, que décidez-vous ?

– Je vais y réfléchir et en causer avec ma femme. Revenez ce soir entre six et sept, vous aurez ma réponse.

Le marchand salua et sortit.

– Que j'aurais eu plaisir à lancer le drôle au bas des marches, lui et son impudence ! murmura M. Shelby, quand la porte fut bien refermée. Mais il m'a en son pouvoir. Si quelqu'un m'avait dit que je vendrais Tom à l'un de ces misérables trafiquants du Sud, j'aurais répondu :

« Suis-je un chien que tu me juges capable d'une telle chose ? » Et maintenant, il en faut venir là. Et l'enfant d'Élisa donc ! Voilà où mènent les dettes !

Il n'est peut-être pas d'État où l'esclavage revête une forme plus douce que dans le Kentucky. Quiconque visite certaines habitations du Kentucky, quiconque voit l'affectueuse indulgence de certains maîtres, de certaines maîtresses, la fidélité dévouée de quelques esclaves, peut rêver la fabuleuse et poétique légende des institutions patriarcales ; mais autour et au-dessus du riant tableau plane une ombre funeste – l'ombre de la loi. Tant que la loi classera tous ces êtres humains, aux cœurs palpitants, aux affections vivaces, comme choses appartenant au maître ; tant que la ruine, le malheur, l'imprévoyance ou la mort du meilleur propriétaire d'esclaves, pourront, en un jour, faire passer ceux-ci d'une vie calme et douce à des travaux forcés, à une misère sans espoir, il sera impossible de tirer rien de bon ou de beau du système d'esclavage le mieux réglé.

M. Shelby était, dans l'ensemble, un brave homme. Doux, affectueux, disposé à l'indulgence pour ceux qui l'approchaient, il n'avait jamais lésiné sur ce qui pouvait contribuer au bien-être matériel de ses Noirs. Seulement, ayant beaucoup spéculé, il s'était endetté, et ses billets, pour une somme considérable, étaient tombés aux mains de Haley. C'est ce qui explique la conversation précédente.

Or il advint qu'en approchant de la porte, Élisa en avait entendu assez pour comprendre qu'un trafiquant d'esclaves faisait à son maître des propositions. Elle eût bien voulu s'arrêter pour en savoir davantage, mais sa maîtresse l'appelait.

Elle croyait avoir entendu qu'il s'agissait de son garçon. Le cœur gros, elle pressa instinctivement l'enfant contre son sein avec une force telle qu'il la regarda tout étonné.

– Élisa, ma fille, qu'as-tu donc aujourd'hui ? lui demanda sa maîtresse.

Élisa tressaillit.

– Oh ! maîtresse ! dit-elle, en levant les yeux ; puis fondant en larmes, elle s'assit et se mit à sangloter. Oh ! maîtresse ! il y avait dans la salle à manger un marchand d'esclaves qui parlait au maître. Je l'ai entendu. Croyez-vous que le maître veuille vendre mon Henri ?

– Le vendre ! Ne sais-tu pas que ton maître n'a jamais eu affaire à ces trafiquants du Sud et qu'il n'a jamais songé à vendre aucun de ses esclaves, tant qu'ils se conduisent bien ? Allons, sèche tes larmes et agrafe ma robe.

– Bien sûr, maîtresse, vous ne donneriez pas votre consentement à... à...

– Certes non. Mais c'est absurde, pourquoi

même en parler ? Autant songer à vendre l'un de mes propres enfants !

Mme Shelby était une femme d'une haute distinction. Elle joignait à la grandeur d'âme une sensibilité vraie et des principes religieux qu'elle appliquait avec énergie dans la pratique journalière de la vie. Ne soupçonnant pas la gêne de son mari et connaissant la douceur générale de son caractère, elle était de bonne foi incrédule aux soupçons d'Élisa. Elle ne s'y arrêta qu'un moment et, tout entière aux préparatifs d'une visite qu'elle devait faire le soir même, elle n'y pensa plus.

LA MÈRE

Dès sa plus tendre enfance, Élisa avait été élevée et choyée en enfant gâtée par sa maîtresse. Plus tard, elle avait épousé un mulâtre, Georges Harris, d'une habitation voisine.

Le jeune homme avait été loué par son maître pour travailler dans une fabrique de toile à sac, et son adresse, son intelligence en avaient fait le meilleur ouvrier. Il avait inventé une machine à tiller[1] le chanvre. Beau, bien fait, doué de manières agréables, Georges avait su se faire aimer de toute la fabrique. Néanmoins, comme ce n'était pas un homme, mais une *chose*, toutes ces qualités

1. Ôter les débris d'écorce, les tillots, qui adhèrent aux fibres.

étaient soumises au contrôle d'un maître despotique, vulgaire et borné. Ledit gentilhomme, ayant entendu parler avec éloge de l'invention de Georges, monta à cheval un beau matin et se rendit à la fabrique pour voir ce qu'y faisait cette chose intelligente.

Il fut reçu avec enthousiasme par le fabricant, qui le félicita d'avoir un esclave d'un tel prix. Il visita la manufacture, la machine lui fut expliquée et montrée par Georges qui, dans sa joie, parlait si bien, se tenait si droit, avait la mine si haute et si mâle, qu'un sentiment d'infériorité s'empara peu à peu du maître. Quel besoin avait son esclave de parcourir le pays, d'inventer des machines, d'oser lever la tête parmi des gentlemen ? À la grande stupéfaction du fabricant et de ses ouvriers, il réclama tout à coup le compte de Georges et annonça son intention de le ramener chez lui.

– Je n'ai nul besoin de louer l'un de mes ouvriers, si cela ne me convient pas.

– Mais, monsieur, il semble particulièrement propre à ce genre de travail.

– Songez qu'il a inventé cette machine, dit assez maladroitement un ouvrier.

– Oui ! une machine à épargner le travail ! Fiez-vous aux Nègres pour cela ! Sont-ils autre chose que des machines à épargner le travail ? Non, il partira !

Ramené chez le maître, Georges fut employé aux travaux les plus vils et les plus pénibles. Il avait pu retenir toute parole irrespectueuse, mais l'éclair de son œil, le pli de son front assombri, disaient assez clairement que l'homme ne peut devenir une chose.

C'était pendant l'heureux temps passé à la manufacture qu'il avait connu et épousé Élisa. Jouissant de l'estime et de la confiance de son chef, il pouvait aller et venir en toute liberté. Le mariage avait été approuvé par Mme Shelby, qui était charmée d'unir sa belle favorite à un homme de la même classe, et qui paraissait si bien lui convenir.

Pendant un an ou deux, Élisa put voir fréquemment son mari, et le bonheur du jeune ménage ne fut troublé que par la perte de deux petits enfants, passionnément aimés de leur mère.

Après la naissance du petit Henri, la jeune femme s'était peu à peu calmée. Élisa avait été une femme heureuse jusqu'au jour où son mari, brutalement arraché à un chef bienveillant, était retombé sous le joug de fer de son propriétaire légal.

Un jurisconsulte des plus humains disait un jour: «Le pire usage qu'on puisse faire d'un homme, c'est de le pendre.» Non, il y a une manière d'en user qui est encore PIRE!

MARI ET PÈRE

Mme Shelby venait de partir pour sa visite : debout dans la véranda, Élisa suivait tristement de l'œil la voiture qui s'éloignait, lorsqu'une main se posa sur son épaule.

– Oh ! Georges ? tu m'as fait peur ! Que je suis contente que tu sois venu ! Pourquoi ne me souris-tu pas ?

– Élisa, je voudrais être mort !

– Oh ! Georges, je sais tout ce que tu as souffert en perdant ta place à la fabrique : tu as un maître bien dur, mais, après tout, c'est ton maître.

– Mon maître ! Qui l'a fait mon maître ? Quel droit a-t-il sur moi ? Je suis un homme comme lui – un meilleur homme que lui ! Je m'y connais mieux en affaires. Je suis plus habile régisseur qu'il ne l'est. Je lis mieux que lui, j'ai une plus belle écriture et j'ai tout appris seul : je ne lui dois rien. J'ai appris malgré lui ! Quel droit a-t-il de faire de moi une bête de somme ? Il dit qu'il me brisera, qu'il me rendra humble, et il me donne exprès les tâches les plus rudes, les plus viles, les plus sales !

– Oh ! Georges, tu m'épouvantes ! Jamais je ne t'avais entendu parler ainsi : j'ai peur que tu ne fasses une bêtise. Je sais tout ce que tu souffres, mais sois prudent.

– J'ai été prudent, j'ai été patient, mais le mal

empire. Il n'y a pas une occasion de m'insulter, de me tourmenter, qu'il ne saisisse! Je croyais pouvoir faire mon travail, me tenir tranquille et, ma tâche finie, trouver du temps pour lire et pour apprendre. Mais plus j'en fais, plus il m'en donne. Pas plus tard qu'hier, je chargeais des pierres dans une charrette; le jeune maître Tommy était là, il faisait claquer son fouet si près du cheval que la bête a pris peur. Je lui ai demandé tout doucement de cesser: il a continué plus fort. Je le lui ai demandé de nouveau, alors il s'est retourné et m'a frappé. Son père m'a attaché à un arbre, il a coupé des branches pour son fils et lui a dit de me fouetter jusqu'à ce qu'il se lasse – et il a été long à se lasser! Qui a fait de cet homme mon maître? Voilà ce que je veux savoir.

– J'ai toujours pensé que je devais obéissance au maître et à la maîtresse, ou que je ne serais pas chrétienne, dit Élisa.

– Oh! toi, c'est différent: ils t'ont élevée toute petite; ils t'ont nourrie, vêtue, instruite. Mais moi, qu'ai-je reçu? des coups de pied, des coups de poing, des jurons, trop heureux d'être parfois oublié dans un coin. J'ai remboursé au centuple ce que j'ai coûté. Je ne le supporterai pas davantage, dit-il le poing fermé.

– Que vas-tu faire, Georges? Oh! je t'en conjure, ne fais rien de mal. Si tu voulais seulement croire en Dieu et patienter, il te délivrerait.

Maîtresse dit que, quand bien même tout va mal, nous devons croire que Dieu fait pour le mieux.

– C'est facile à dire pour ceux qui sont assis sur des sofas, traînés dans des carrosses ; qu'ils changent de place avec moi, et ils changeront de langage. Je voudrais pouvoir être bon, mais le cœur me brûle et ne peut pas se résigner. Tu ne le pourrais pas non plus – tu ne le pourras pas quand je t'aurai dit ce que j'ai à te dire. Tu ne sais pas tout encore.

– Que peut-il y avoir de plus ?

– Le maître a déclaré récemment qu'il se repentait de m'avoir laissé prendre femme hors du domaine, qu'il détestait M. Shelby et toute sa race, parce que ce sont des orgueilleux qui lèvent la tête plus haut que lui ; il a dit que c'était de toi que je tenais mes idées d'indépendance, qu'il ne me permettrait plus de venir ici, et que je devrai prendre une autre femme sur la plantation. Hier, il m'a commandé de prendre Mina et de m'établir dans une case avec elle. Mieux vaudrait pour tous deux, mieux vaudrait pour ce pauvre enfant n'être pas venus au monde. Tout cela peut lui arriver aussi.

– Oh ! notre maître, à nous, est si bon !

– Oui, mais qui sait ? il peut mourir, et alors l'enfant sera vendu on ne sait à qui ? Est-ce un plaisir de le voir beau, vif, intelligent ? Il vaudra trop d'argent pour que tu puisses le garder.

Ces paroles frappèrent Élisa de stupeur. La vision du marchand d'esclaves lui revint. Elle eut envie de parler à son mari de ses craintes, mais elle se retint.

« Non, non, il en a déjà bien assez, pauvre homme ! pensa-t-elle, je ne lui dirai rien. D'ailleurs, ce n'est pas vrai ; maîtresse ne m'a jamais trompée. »

– Ainsi, Élisa, lui dit son mari, courage et adieu, car je pars.

– Tu pars, et pour où, Georges ?

– Pour le Canada. Une fois là-bas, je te rachèterai. Nous n'avons plus d'autre espoir. Tu as un bon maître qui ne refusera pas de te vendre. Je vous rachèterai, toi et le garçon.

– Ah ! malheur !... si tu allais te faire prendre ?

– Je ne serai pas pris, Élisa, je mourrai avant. Je serai ou libre ou mort. J'ai fait mes préparatifs, et il y a des gens qui m'aideront. D'ici une semaine ou deux, un jour, je manquerai à l'appel. Prie pour moi, Élisa – le bon Dieu t'écoutera peut-être.

Il prit les mains d'Élisa entre les siennes et la regarda fixement dans les yeux sans bouger. Tous deux se taisaient. Puis vinrent les dernières paroles, les pleurs amers – tout le déchirement de la séparation, quand l'espérance de se revoir repose sur un fil aussi léger que celui de l'araignée. Enfin le mari et la femme se séparèrent.

UNE SOIRÉE DANS LA CASE DE L'ONCLE TOM[1]

La case de l'oncle Tom, faite de troncs d'arbre à peine dégrossis, était attenante à «la maison»; le Nègre désigne ainsi la demeure du maître. Sur le devant s'étendait un gentil jardinet, où des soins assidus faisaient croître, chaque été, des fraises, des framboises, et une étonnante variété, vu l'espace, de fruits et de légumes. Toute la façade était tapissée d'un grand jasmin de Virginie écarlate et d'un beau rosier multiflore, dont les branches, se croisant et s'enlaçant, laissaient à peine voir la rustique construction. D'éclatantes plantes annuelles, des œillets d'Inde, des pétunias, des belles-de-jour, orgueil et délices de la tante Chloé, trouvaient aussi un petit coin où déployer leur splendeur.

Mais entrons dans la case. Le repas du soir est fini dans la grande maison, et tante Chloé, qui a présidé à ses préparatifs en tant que «chef», laissant aux employés subalternes le soin de remettre les choses en ordre et de laver la vaisselle, a regagné son cher petit domaine. C'est elle qui, là, devant le feu, surveille, avec un intérêt plein

1. Les titres affectueux d'oncle et de tante se donnaient aux Noirs qui vivaient dans la familiarité de la maison et avaient vu grandir les enfants.

d'anxiété, les progrès d'une friture qui frissonne dans la poêle. Sous son turban bigarré et empesé rayonne une physionomie joviale, trahissant, il faut l'avouer, un peu de cette suffisance naturelle à une cuisinière réputée et reconnue «chef» dans tous les environs.

Il est vrai que tante Chloé était cuisinière dans l'âme, et jusqu'à la moelle des os. Pas un poulet, pas un dindon, pas un canard de la basse-cour, qui ne devînt grave à son approche. De fait, sa constante préoccupation de trousser, farcir, rôtir, était bien de nature à éveiller les terreurs de toute volaille réfléchie.

Pour le moment, la tante Chloé est absorbée dans sa poêle à frire; nous l'y laisserons et achèverons de peindre l'intérieur de la case.

Un lit, recouvert d'une courtepointe d'un blanc de neige, occupe l'un des coins. Traité avec une considération particulière, ce coin fait salon. En face, une couchette plus humble est destinée à l'usage journalier. Sur le manteau de la cheminée, des images enluminées représentent des sujets bibliques.

Dans un troisième coin, sur un banc grossier, deux petits garçons aux cheveux crépus, aux yeux noirs étincelants, aux joues rebondies, surveillent les premières tentatives d'une petite sœur, tentatives qui consistent, comme toujours, à se dresser laborieusement sur ses petits pieds, à chanceler une seconde et à retomber à terre ; chaque échec successif étant salué d'éclats de rire et proclamé un étonnant succès.

Une table un peu boiteuse placée en face du feu, recouverte d'une serviette et garnie de tasses et de soucoupes des plus éclatantes couleurs, annonce qu'un festin se prépare. À cette table est assis l'oncle Tom.

C'est un homme grand, robuste, bien bâti, à la poitrine large. Il est d'un noir d'ébène, et ses traits purement africains expriment un grave et ferme bon sens, mêlé à beaucoup de bienveillance et de bonté.

L'oncle Tom est tout appliqué à une ardoise sur laquelle il essaie, avec soin et lenteur, de reproduire les lettres de l'alphabet, sous la surveillance du jeune maître Georgie, beau garçon de treize ans, qui semble pénétré de ses graves devoirs d'instituteur.

– Non, pas comme ça, oncle Tom ; pas comme ça ! dit-il avec vivacité, tandis que l'oncle Tom trace laborieusement la queue de son *g* à l'envers ; cela fait un *q*, vois-tu ?

– Ah ! vrai ! répond l'oncle Tom, suivant de l'œil avec une admiration respectueuse les innombrables *g* et *q* que griffonne, pour son édification, son jeune professeur.

Prenant à son tour le crayon entre ses doigts gros et lourds, il recommence patiemment.

– Tante Chloé, je meurs de faim, dit Georgie ; est-ce que le gâteau n'est pas bientôt cuit ?

– Presque, massa[1] Georgie ; elle souleva le couvercle et jeta un coup d'œil furtif à son œuvre. Le voilà qui tourne brun ! d'un beau brun doré !

Et la tante Chloé exposa aux yeux des spectateurs un gâteau cuit à point que n'eût pas désavoué un maître pâtissier. Une fois ce morceau capital arrivé à bon port, la tante Chloé s'occupa de la partie plus substantielle du souper.

– Allons, Moïse, Pierrot, tirez-vous du chemin, moricauds ! Sauve-toi aussi, petite Polly, mon bijou ; tout à l'heure, maman te donnera du bonbon. Et vous, massa Georgie, ôtez les livres, pendant que je dresse les saucisses et que je retourne les beignets.

Et elle entassa les beignets sur son assiette. Quand l'appétit dévorant de Georgie fut un peu calmé, celui-ci s'écria :

– Au gâteau maintenant ! Tiens ! à toi, Moïse ! à toi, Pierrot ! (Il rompit quelques gros morceaux et les leur lança.) Vous en voulez bien, n'est-ce pas ? Allons, tante Chloé, donne-leur donc de la galette !

Georgie et Tom s'installèrent à l'aise au coin de la cheminée, tandis que tante Chloé, après

1. Diminutif de « monsieur », et plus familier que « maître ».

avoir tiré du feu un supplément de gâteau, prit sa petite fille sur ses genoux et se mit à remplir alternativement la bouche de l'enfant et la sienne, sans oublier Moïse et Pierrot, qui préférèrent manger leurs parts tout en se roulant sous la table, en se chatouillant et en tirant de temps à autre les pieds de la petite sœur.

Tandis que cette scène se déroulait dans la case de l'oncle Tom, une autre, d'un genre bien différent, avait lieu dans l'habitation du maître.

Le marchand d'esclaves et M. Shelby étaient de nouveau assis dans la salle à manger, devant une table couverte de papiers. Le second comptait des liasses de billets et les poussait vers le marchand, qui les recomptait à son tour.

– Le compte y est, dit l'homme. Maintenant, signez-moi cela.

M. Shelby tira les contrats de vente à lui et les signa comme un homme qui dépêche une besogne désagréable, puis il les repoussa de l'autre côté de la table avec l'argent. Haley sortit alors de sa valise un parchemin et, après l'avoir parcouru des yeux, le tendit à M. Shelby, qui s'en saisit avec un empressement mal dissimulé.

– Eh bien, voilà qui est fait, dit le trafiquant en se levant.

– Oui, fait et fini, reprit M. Shelby d'un air pensif – il respira péniblement, et répéta : *Fini...*

– Vous n'en avez pas l'air ravi, dit le marchand.

– Haley, vous vous rappellerez, j'espère, que vous m'avez promis sur l'honneur de ne pas vendre Tom sans savoir dans quelles mains il tombera.

– Vous venez bien de le vendre, vous!

– Les circonstances m'y obligeaient, dit M. Shelby avec hauteur.

– Et elles peuvent m'y obliger aussi, *moi*, reprit le marchand. C'est égal, je ferai de mon mieux pour trouver une bonne niche à Tom. Quant à le maltraiter, vous n'avez rien à craindre : Dieu merci, par goût, je ne suis pas cruel.

SENTIMENT DE LA PROPRIÉTÉ VIVANTE LORSQU'ELLE CHANGE DE PROPRIÉTAIRE

M. et Mme Shelby étaient rentrés dans leur chambre. Le mari parcourait les lettres arrivées par le courrier du soir; debout devant la glace, sa femme démêlait les tresses et les boucles, ouvrage d'Élisa, car, frappée de l'air hagard de la jeune femme, elle l'avait dispensée de son service et envoyée se coucher. En arrangeant ses cheveux, elle se rappela tout naturellement sa conversation du matin et, se retournant vers son mari :

– À propos, Arthur, lui dit-elle avec insouciance, qu'est-ce que ce grossier personnage que vous nous avez amené à dîner ?

– Il se nomme Haley, répliqua Shelby en s'agitant sur son siège et sans quitter sa lettre des yeux.

– Est-ce un marchand d'esclaves ? demanda Mme Shelby en observant, dans les manières de son mari, un certain embarras.

– Bah ! qui vous met pareille idée en tête, ma chère ?

Cette fois, Shelby leva les yeux.

– Rien. Seulement, Élisa m'est arrivée tout en larmes. Elle prétendait avoir entendu un trafiquant d'esclaves vous faire des offres pour son Henri. Quelle absurdité !

– Vrai !... elle l'a entendu ? reprit M. Shelby, toujours absorbé dans ses lettres, bien qu'il les tînt à l'envers.

« Puisqu'il faudra en venir là, se dit-il, mieux vaut en finir tout de suite. »

– Fort bien, Émilie. Le fait est que mes embarras en sont venus au point qu'il n'y a plus à reculer : il me faut vendre quelques-unes de mes mains.

– À cet homme ! Vous ne parlez pas sérieusement, monsieur Shelby.

– J'ai le regret de vous dire que si : j'ai consenti à vendre Tom.

– Quoi ! notre Tom ! cette bonne et fidèle créature ! Oh ! monsieur Shelby ! mais vous lui aviez promis sa liberté ! Vous et moi lui en avons parlé cent fois ! Ah ! je puis tout croire après cela ! Je puis vous croire capable de vendre même le petit Henri, l'unique enfant de cette pauvre Élisa ! s'écria Mme Shelby d'un ton douloureux e. indigné.

– Eh bien, s'il faut vous le dire, c'est chose faite. J'ai consenti à vendre les deux, et Tom et Henri.

– Mais pourquoi les avoir choisis eux entre tous ?

– Parce que l'on m'en offrait davantage, voilà pourquoi.

– Mon cher, dit Mme Shelby, laissez-moi intercéder pour ces pauvres créatures. Que ne faisons-nous quelques sacrifices d'argent ? Je supporterai de bon cœur ma part de gêne. Monsieur Shelby, c'est de toute mon âme que je me suis efforcée de remplir mes devoirs de chrétienne envers ces pauvres gens si simples, si dépendants. Moi qui leur enseignais les devoirs de famille, du père envers l'enfant, du mari envers la femme, comment supporterai-je de leur montrer que ni droits, ni liens, ni relations, rien n'est sacré pour nous dès qu'il s'agit d'argent ? Moi qui ai tant causé avec Élisa de son enfant, de ses obligations, comme mère chrétienne, à une constante surveillance, à de tendres prières, à une éducation pieuse ! Qu'aurai-je à lui dire à présent, si vous le lui arrachez pour le livrer corps et âme à un homme sans principes, un mécréant ; et cela pour quelques dollars ! Je lui ai répété qu'une âme vaut plus que tous les trésors de l'univers, comment me croira-t-elle si elle nous voit vendre son enfant ?

– Je suis fâché que vous le preniez si fort à cœur, Émilie. Mais je n'ai pas le choix. Il me faut vendre ces deux-là ou tout perdre : eux ou tous. Haley a mis la main sur une hypothèque qui, si je ne la purge pas, emportera tout avec elle. J'ai cherché, grappillé, emprunté ; excepté mendier, j'ai tout fait. Le prix de ces deux-là a pu seul établir la balance de mon compte ; Haley, entiché de l'enfant, a accepté de conclure le marché ainsi et seulement ainsi. J'étais dans ses griffes, il m'a fallu céder.

Mme Shelby restait foudroyée. Elle se cacha le visage dans ses mains et poussa un gémissement.

– C'est la malédiction de Dieu sur l'esclavage ! Amère fatalité ! Malédiction sur le maître ! malédiction sur l'esclave ! J'étais folle de prétendre tirer quelque bien de ce mal mortel ! C'est péché de garder un esclave sous des lois telles que les nôtres ; je l'ai toujours senti. J'espérais dorer la chaîne : je voulais, à force de bonté, de soins, d'instruction, rendre aux miens l'esclavage préférable à la liberté : folle que j'étais !

– Mais, ma femme, vous devenez tout à fait abolitionniste !

– Les abolitionnistes ! ah ! s'ils savaient tout ce que je sais, alors ils pourraient parler ! dit Mme Shelby tout en tournant entre ses doigts sa montre d'un air absorbé. Je n'ai pas de bijoux de prix, ajouta-t-elle, pensive, mais cette montre en or vaut quelque chose ; elle a coûté fort cher. Si je pouvais seulement sauver l'enfant d'Élisa ! J'y sacrifierais tout ce que je possède.

– Je suis peiné, désespéré, en vérité, dit M. Shelby, que vous vous en affligiez si fort ; mais les contrats de vente sont signés et aux mains de Haley. Réjouissez-vous que ce ne soit pas pire. Cet homme nous avait en son pouvoir. Il ne tenait qu'à lui de nous ruiner complètement, et nous en voilà quittes. Si vous le connaissiez comme moi, vous penseriez que nous l'avons échappé belle !

– Est-il donc si dur ?

– Pas précisément cruel, mais c'est un marchand dans l'âme, qui ne connaît que le profit ; froid, déterminé, implacable comme la mort et le tombeau. Il vendrait sa propre mère à vingt pour cent de bénéfice, et cela sans vouloir de mal à la pauvre vieille.

– Et c'est ce misérable qui est le maître de ce bon et fidèle Tom ! le maître de l'enfant d'Élisa !

– Brisons là-dessus, ma chère. La chose m'est rude; je déteste y revenir. Haley, qui mène rondement les affaires, prend possession dès demain; aussi, mon cheval sera-t-il prêt, et je pars dès l'aube. Je ne peux pas voir Tom, non, je ne peux pas. Pour vous, ce qu'il y aura de mieux, c'est de faire atteler de bonne heure, et d'emmener Élisa n'importe où. Il vaut mieux que tout se passe hors de sa vue.

– Non, dit Mme Shelby, je ne serai ni agent ni complice de l'acte. Pauvre Tom, Dieu lui vienne en aide! J'irai le voir dans sa détresse et, quoi qu'il m'en puisse coûter, ils sauront que leur maîtresse souffre pour eux et avec eux. Quant à Élisa! je n'ose y penser. Le Seigneur nous pardonne! Qu'avons-nous fait pour en arriver là?

Cependant, sans que M. et Mme Shelby puissent le soupçonner, quelqu'un les écoutait: Élisa, l'oreille collée à la porte, n'avait pas perdu un mot de la conversation.

Quand les voix moururent dans le silence, elle se glissa dehors. Pâle, frissonnante, les traits contractés, les lèvres serrées, elle n'était plus la douce et timide créature qu'elle avait été jusque-là. Elle se faufila dans sa chambre. Là dormait son fils.

Elle saisit une feuille de papier, un crayon, et écrivit en toute hâte:

Oh maîtresse ! ne me croyez pas ingrate, ne pensez pas de mal de moi, maîtresse. J'ai entendu ce que le maître et vous avez dit ce soir, et je vais tâcher de sauver mon garçon. Vous ne me blâmerez pas, vous. Dieu vous bénisse et vous récompense de toutes vos bontés !

Elle plia la lettre, courut à un tiroir et roula pour son fils un petit paquet de hardes, qu'elle attacha solidement autour d'elle. Ce ne fut pas sans peine qu'elle tira le petit dormeur de son profond sommeil ; le prenant entre ses bras, elle lui murmura à l'oreille d'être « bien sage » et, ouvrant la porte qui, de sa chambre, conduisait sur la véranda, elle se glissa dehors.

En quelques minutes, ils arrivèrent à la fenêtre de la case de l'oncle Tom, et Élisa frappa légèrement à la vitre.

– Seigneur bon Dieu ! qu'est-ce que c'est ? dit tante Chloé en se levant avec précipitation pour courir tirer le rideau. Sur ma vie, c'est Lisa ! J'ouvre tout de suite !

L'acte accompagnait les paroles : la porte s'ouvrit, et la lueur de la chandelle que Tom venait d'allumer tomba sur la face bouleversée et les yeux égarés de la fugitive.

– Je suis en fuite, oncle Tom, tante Chloé. J'emporte mon enfant, le maître l'a vendu.

– Vendu ! répétèrent-ils tous deux en levant les mains avec effroi.

– Oui, vendu ! J'ai entendu le maître dire à la maîtresse qu'il avait vendu Henri et vous, oncle Tom, tous les deux à un marchand d'esclaves ; que lui, le maître, sortirait à cheval dès le matin, et que l'homme prendrait possession aujourd'hui.

Tom, les mains levées, les yeux dilatés, restait immobile comme dans un rêve. Lentement, peu à peu, il comprit, s'affaissa sur sa vieille chaise et cacha sa tête entre ses genoux.

– Seigneur bon Dieu, ayez pitié de nous ! dit tante Chloé. Qu'a-t-il fait, Tom, pour que le maître le vende ?

– Rien du tout. Ce n'est pas du plein gré du maître. Oui, il disait : « Vendre ces deux-là ou les vendre tous ! » Le maître a dit qu'il était chagrin, mais la maîtresse ! ah ! il fallait l'entendre !

– Tom ! dit tante Chloé, pourquoi ne pas fuir aussi ? Vite, décampe avec Lisa ! Je vais faire le paquet.

Lentement, Tom releva la tête et promena autour de lui un long regard triste et résigné.

– Non, dit-il ; je reste. Élisa s'en va, elle a raison : une mère doit partir. Mais tu as entendu, ma femme : s'il faut vendre Tom, ou que tout ici aille à ruine et à sac, qu'on me vende ! Chaque fois que le maître appelait Tom, Tom était là : il y sera encore. Il vaut mieux me vendre moi seul que tout perdre. Le maître n'est pas à blâmer, Chloé ! il prendra soin de toi et de nos pauvres...

Il se tourna vers le lit où moutonnaient tant de petites têtes crépues, et le cœur lui manqua. S'appuyant sur le dos de sa chaise, il couvrit sa face de ses larges mains ; des sanglots profonds ébranlèrent tout son corps.

Tom était un homme comme vous, lecteur ; et vous, madame, avec vos habits soyeux, vos joyaux, vos parures, vous n'êtes qu'une femme, et dans les grandes et terribles épreuves de la vie, tous vous ressentez la même angoisse.

– Encore un mot, dit Élisa en s'arrêtant sur le seuil. J'ai vu mon mari cet après-midi. Il venait me dire qu'il avait l'intention de fuir. Tâchez, si vous pouvez, de lui faire savoir que je suis partie ; dites-lui que j'essaierai de gagner le Canada.

Encore quelques mots, quelques larmes, un simple adieu, une bénédiction, et, serrant dans ses bras son enfant effrayé, elle disparut dans l'ombre.

DÉCOUVERTE

La longue discussion de la nuit précédente ayant tenu M. et Mme Shelby longtemps éveillés, ils se levèrent, le lendemain, un peu plus tard que de coutume.

– Que devient Élisa ? dit Mme Shelby, après avoir inutilement sonné plusieurs fois.

Un garçon de couleur entra, apportant de

l'eau chaude à M. Shelby, qui était en train de se raser.

– Andy, reprit sa maîtresse, va frapper à la porte d'Élisa et dis-lui que voilà trois fois que je la sonne. La pauvre petite ! murmura-t-elle avec un soupir.

Andy reparut presque aussitôt, les yeux écarquillés.

– Seigneur ! maîtresse ! les tiroirs à Lisa tout ouverts ! m'est avis qu'elle a décampé.

La vérité éclata aux yeux du mari et de la femme, et M. Shelby s'écria :

– Elle aura eu vent de l'affaire. Elle est déjà loin.

– Dieu soit loué ! s'écria sa femme. J'espère que oui.

– Devenez-vous folle, madame ? dit Shelby. Ce serait une belle affaire ! Haley qui m'a vu hésiter pour l'enfant, me croira complice de l'évasion. Cela touche à l'honneur !

Et il sortit en toute hâte.

Il y eut une grande rumeur ; les portes s'ouvraient, se refermaient, et, durant un bon quart d'heure, des faces de toutes les nuances de couleur apparurent dans tous les coins. La seule personne qui aurait pu éclaircir l'affaire, la cuisinière en chef, tante Chloé, demeura muette.

Bientôt, une douzaine de petits drôles furent perchés, comme autant de corbeaux, sur la balustrade de la véranda, chacun ambitionnant l'honneur d'être le premier à apprendre au massa étranger sa mauvaise fortune.

Lorsque Haley parut, tout botté, tout éperonné, de toute part il fut salué par la grande nouvelle. Les lutins de la véranda ne furent pas déçus dans l'espoir de l'entendre jurer. Il s'y conforma avec une véhémence qui les délecta.

– Si je tenais ces petits démons! murmura Haley entre ses dents en entrant brusquement au salon. J'ai à vous dire, Shelby, qu'il se passe des choses fort étranges, fit-il. La fille est au diable, paraît-il, et son marmot avec elle?

– Oui, monsieur, je regrette d'avoir à vous dire que la jeune femme s'est emparée de l'enfant et a pris la fuite cette nuit même.

– Je m'attendais qu'on jouerait franc jeu avec moi, grommela Haley.

– Qu'est-ce à dire, monsieur? s'écria Shelby. Si quiconque s'avise de mettre en question mon honneur, je n'ai qu'une réponse à faire.

Le trafiquant blanchit à cette réplique et repartit sur un ton plus bas:

– C'est diablement dur, tout de même, pour un brave homme qui a fait un marché loyal d'être floué de la sorte!

– Si je ne faisais la part de votre désappointement, monsieur Haley, reprit Shelby, je n'aurais pas supporté votre façon cavalière de pénétrer chez moi ce matin. Mais, quelles que soient les apparences, je persiste à répéter que je ne tolérerais pas la moindre allusion à une connivence déloyale dont je suis incapable. Je me regarde, du reste, comme obligé de vous prêter toute assistance. Chevaux, domestiques, tout ce qui peut vous aider à recouvrer votre propriété est à vos ordres. Bref, poursuivit-il, retombant soudain de son ton de froide dignité à sa bonhomie habituelle : ce qu'il y a de mieux à faire, Haley, croyez-moi, c'est de déjeuner en paix, nous aviserons ensuite.

– Peste ! il s'est joliment enhardi depuis que j'ai signé les quittances. Le diable l'emporte ! marmonna Haley.

Jamais, dans aucune cour, chute de Premier ministre n'occasionna plus d'orageuses sensations que la nouvelle du destin de Tom n'en souleva parmi ses camarades. Ce thème revenait incessamment, partout, dans toutes les bouches. La fuite d'Élisa (sans précédent sur l'habitation) venait encore stimuler l'excitation générale.

Sam le Noir, ainsi nommé parce qu'il était environ fois plus noir que les autres fils d'ébène de l'endroit, Sam tournait et retournait le sujet quant aux conséquences qu'il pourrait avoir sur son bien-être personnel.

– V'là Tom en bas ! place en haut pour quelque autre Nèg' ; pourquoi pas Sam l'autre

Nèg'? Tom allait par-ci, Tom allait par-là, Tom, un quasi-massa. Maintenant, pourquoi pas le tour à Sam?

– Ohé, Sam, ohé! cria Andy, coupant court au soliloque. Maître veut Bill et Jerry sellés et bridés au plus vite. Toi, moi et massa Haley, allons courir après Lisa.

– Bon! nous y v'là. On va voir comment je vous l'attraperai! Maître saura ce que vaut Sam.

– Sam! regardes-y à deux fois: maîtresse ne veut pas Lisa être happée. Maîtresse ne veut pas que massa Haley agrippe le petit à Lizie; voilà l'histoire. Je t'en dirais encore plus long, poursuivit Andy; mais il faut amener les chevaux et vite.

Sam se pressa alors tout de bon, reparut bientôt, chevauchant d'un air superbe, et se dirigea vers la maison avec Jerry et Bill en plein galop. Le poulain de Haley, bête jeune et ombrageuse, rua, se cabra, secouant violemment son licol.

– Ho! ho! nous sommes chatouilleux, dit Sam, et un éclair de malice illumina son noir visage. Là, là! je vous vas soigner, moi.

Un large hêtre ombrageait l'endroit et jonchait le sol de ses petits fruits triangulaires. Sam en prit un entre ses doigts et s'approcha du poulain, qu'il caressa et flatta doucement, comme pour le calmer. Se donnant l'air de redresser la selle, il la souleva et glissa dessous avec adresse la petite faîne aux coins pointus, de façon que le moindre poids posé dessus irritât la sensibilité nerveuse du poney, sans laisser sur son dos la plus légère marque.

Au même instant, Mme Shelby, se montrant au balcon, lui fit signe d'approcher.

– Sam, c'est Andy et toi qui accompagnerez M. Haley pour lui montrer la route et lui venir en aide. Prends soin des chevaux, Sam. Tu sais que Jerry boitait un peu la semaine passée : ne pousse pas trop les bêtes.

– Oui, Maîtresse, Sam aura l'œil aux chevaux.

– Maintenant, Andy, poursuivit Sam, une fois revenu sous le hêtre à son quartier d'observation, je serais pas surpris si le poney au massa faisait des frasques quand le massa montera dessus. Si le poney à massa Haley détale – une supposition, Andy –, il faudra lâcher les deux autres chevaux pour courir aider massa. Oh ! oui, bien aider massa !

Et Sam et Andy, la tête renversée sur l'épaule, faisant claquer leurs doigts et gambader leurs jambes, se livrèrent, avec d'inexprimables délices, à des rires étouffés.

Quelque peu adouci par une tasse du meilleur café, maître Haley fit alors son apparition sous la véranda.

– En route, dit-il, et sans retard !

– Pas une minute, massa, dit Sam qui présentait les rênes et tenait l'étrier, tandis qu'Andy détachait les deux autres chevaux.

À peine Haley toucha-t-il la selle que le fougueux animal bondit et jeta son maître à quelques pas de là, sur le gazon. Il descendit la pelouse au galop, suivi de Jerry et de Bill, qu'Andy, fidèle aux injonctions reçues, n'avait pas manqué de lâcher. S'ensuivit une scène de tumulte : Sam et Andy couraient çà et là en vociférant, les chiens aboyaient dans toutes les directions, et Mike, Moïse, Mandy, Fanny, tous les petits négrillons de l'habitation, bondissaient, trottinaient, appelaient, frappaient des mains, hurlaient avec le zèle le plus infatigable. Haley courait de droite et de gauche : il maudissait, sacrait, tempêtait, frappait du pied. M. Shelby, élevant la voix, s'efforçait de diriger la chasse du haut de son balcon, et sa femme, à la fenêtre de sa chambre, riait et s'étonnait, non sans se douter de ce qu'il y avait au fond de tout ce remue-ménage.

Enfin, vers midi, Sam reparut, triomphant ; monté sur Jerry, il ramenait le cheval de Haley, fumant de sueur.

– Il est pris ! cria-t-il d'un ton vainqueur.

– Avec vos damnées sottises, vous m'avez fait perdre près de trois heures, tous autant que vous êtes ! s'écria Haley. En route !

– Comment, massa, dit Sam avec un douloureux étonnement, vous voulez donc tuer tout pauv' monde, chevaux et Nèg's? Nous sur les dents, et les bêtes tout en eau. Oh! massa, pas moyen de partir avant le déjeuner. Le cheval à massa s'est tout éclaboussé, faut bien qu'on le bouchonne; et Jerry qui boite encore! Jamais maîtresse nous laissera partir ainsi. Pas besoin de se presser tant pour attraper Lisa, c'est pas une si fameuse marcheuse!

Mme Shelby qui, à son grand divertissement, avait, de la véranda, suivi toute la conversation, crut alors devoir y jouer son rôle: elle s'avança vers Haley, lui exprima des regrets polis sur l'accident qui venait d'avoir lieu, et le pria de rester à déjeuner, assurant que la cuisinière servirait sans retard.

Toutes réflexions faites, Haley se décida d'assez mauvaise grâce à rentrer au salon, tandis que Sam, conduisant gravement les chevaux à l'écurie, le poursuivait d'un regard empreint d'une ineffable malice.

LA LUTTE DE LA MÈRE

On ne peut imaginer créature humaine plus désolée, plus abandonnée, que la pauvre Élisa lorsqu'elle eut quitté la case de l'oncle Tom.

Les souffrances endurées par son mari, les dangers qu'ils couraient, lui et son enfant, se confondaient dans son âme abasourdie à l'heure où elle s'éloignait du seul asile qu'elle connût.

Mais l'amour maternel, exacerbé par l'approche d'un affreux danger, dominait en elle tous les regrets, toutes les terreurs. Son fils était déjà assez grand pour marcher à ses côtés, pourtant elle le portait, et l'idée seule de relâcher cette étreinte la faisait frissonner.

Si c'était votre Henri, mère au teint blanc, si c'était votre Willie qu'un brutal marchand de chair humaine dût vous arracher au matin, que vos pas seraient rapides ! que de chemin vous feriez !

Les bornes de la ferme, les bosquets, le taillis, fuyaient comme dans un rêve, et elle marchait toujours, sans arrêt, sans relâche, voyant disparaître l'un après l'autre tous les objets familiers ; enfin, l'aube rougissante la trouva sur la grand-route, ayant dépassé de plusieurs lieues tout ce qui lui était connu.

Elle s'arrêta vers midi à une petite ferme afin de prendre un peu de repos et d'acheter quelques vivres ; car, avec la distance, le danger, la tension se relâchant, elle sentait croître la fatigue et la faim. La maîtresse du logis, bonne femme, ravie d'avoir quelqu'un avec qui causer, accepta sans broncher l'explication d'Élisa, qui se disait en route pour aller passer une semaine chez des amis.

Une heure avant le coucher du soleil, épuisée, elle entrait dans le village de T..., au bord de l'Ohio. Là, son premier regard fut pour le fleuve, ce Jourdain qui la séparait de la terre promise, du sol de la liberté[1].

C'était le début du printemps, et la rivière enflée et bruyante charriait d'énormes morceaux de glace qui oscillaient pesamment dans les flots bourbeux.

Élisa contempla un instant cet affligeant spectacle, le passage du bac devait être interrompu : pour plus d'information, elle entra dans une petite auberge voisine. L'hôtesse était tout entière aux préparatifs du souper, mais elle se retourna, la fourchette à la main, en entendant une voix douce et plaintive qui demandait :

– N'y a-t-il plus de bac pour passer les gens qui vont à B... ?

– Non, dit la femme, les bateaux ne marchent plus.

1. L'Ohio marquait la frontière entre les États du Nord, ayant aboli l'esclavage, et ceux du Sud, où il se pratiquait encore.

L'expression de désolation et de terreur d'Élisa frappa la brave hôtesse qui reprit :

– Peut-être avez-vous grand besoin de traverser ? Quelqu'un de malade ? Vous semblez si anxieuse !

– J'ai un enfant en danger, dit Élisa, je ne l'ai su que de la nuit dernière, et depuis j'ai marché d'une traite dans l'espoir d'arriver au bac.

– C'est bien malheureux ! répliqua la femme, dont la compassion maternelle s'éveillait. Salomon ! cria-t-elle par la fenêtre.

Un homme en tablier de cuir et aux mains fort sales parut à la porte.

– Le batelier traverse-t-il ce soir avec les barriques ?

– Il dit qu'il va essayer, si c'est possible, répondit Salomon.

– Il y a, expliqua l'hôtesse, un homme qui doit traverser pour un transport urgent de marchandises. Il vient souper ici dans un moment. Le mieux, c'est de vous asseoir là et de l'attendre. Vous avez là un gentil petit ! ajouta la femme en offrant un gâteau à l'enfant.

Quoique Mme Shelby se fût engagée à faire servir sur l'heure, on vit bientôt, ce qui s'est vu de tout temps, qu'il faut être deux pour faire un marché. L'ordre avait été donné à haute voix aux oreilles de Haley, et porté à tante Chloé par une demi-douzaine de jeunes messagers, sans rien déranger de la grave et minutieuse lenteur de ses opérations.

Par quelque intuition secrète, une impression générale que la maîtresse ne serait nullement mécontente d'un retard semblait prévaloir, et la succession d'accidents qui retardèrent le service fut vraiment miraculeuse.

Des rires étouffés parcouraient la cuisine, lorsque arrivaient, par intermittence, des nouvelles de massa Haley :

– Il peut pas tenir sur sa chaise : il fait qu'aller et venir de la porte à la fenêtre !

– C'est bien fait ! dit tante Chloé avec indignation.

– Li aller en enfer, sans faute ! dit le petit Jacquet.

– Il y rôtira pour l'éternité, c'est sûr ! disait Andy.

– Enfants ! gronda une voix qui les fit tressaillir.

C'était l'oncle Tom qui, arrêté sur le seuil, avait tout entendu.

– Enfants, l'éternité est un terrible mot ! C'est mal, de souhaiter les tourments éternels à une créature humaine...

– C'est pas une créature humaine ! se récria Andy. Les traqueurs d'âmes sont de méchants chiens, pas des humains !

– La nature même crie contre eux, ajouta tante Chloé. N'arrachent-ils pas le nourrisson du sein de la mère pour le vendre? Est-ce qu'ils n'ôtent pas le mari à sa femme?

Et elle se couvrit la face de son tablier de cotonnade et se mit à sangloter de tout son cœur.

– Pense seulement à l'âme de ces pauvres créatures, répondit Tom, et remercie le Seigneur de n'être pas à leur place. Ah! j'aime mieux être vendu cent fois que d'avoir sur le cœur tout ce dont ces méchants auront à répondre! Je suis content que le maître ne soit pas parti ce matin comme il l'avait décidé, poursuivit-il. J'aurais été encore plus chagriné, je crois, de le voir partir que d'être vendu.

La sonnette se fit entendre, et Tom fut appelé au salon.

– Tom, lui dit affectueusement M. Shelby, je tiens à ce que tu saches que j'ai signé à monsieur un dédit de mille dollars au cas où tu ne te trouverais pas ici à l'heure où il viendra te réclamer. Il vaque à d'autres affaires aujourd'hui; tu peux disposer de ta journée. Va où tu voudras, mon brave garçon!

– Je vous remercie, maître, dit Tom.

– Ne t'avise pas de jouer à ton maître un de vos tours de Nègres, ajouta le marchand, car si tu n'es pas là, je tirerai de lui jusqu'à la dernière obole.

– Maître, dit Tom en se redressant de toute sa hauteur, j'avais juste huit ans quand la vieille maîtresse vous a posé dans mes bras, vous tout petit garçon qui n'aviez pas un an. Elle m'a dit : « Tom, voici ton jeune maître, prends bien soin de lui. » Aujourd'hui, maître, je vous le demande, vous ai-je jamais trompé, jamais désobéi, surtout depuis que je suis devenu chrétien ?

L'émotion gagna M. Shelby et c'est les yeux remplis de larmes qu'il répondit :

– Mon brave garçon, le Seigneur sait que tu ne dis que la pure vérité, et s'il était en mon pouvoir de te garder, les trésors du monde entier ne t'achèteraient pas !

– Et, aussi sûr que je suis chrétienne, ajouta Mme Shelby, tu seras racheté, dès que j'aurai réuni la somme nécessaire. Monsieur, poursuivit-elle en se tournant vers Haley, notez bien à qui vous le vendrez et faites-le-moi savoir.

– Très volontiers, répliqua le marchand. Vendre ou acheter, c'est tout un, pourvu que l'affaire soit bonne. Ce que je veux, c'est gagner honnêtement ma vie, madame. Nous en sommes tous là, pas vrai ?

M. et Mme Shelby, ennuyés l'un et l'autre, se sentaient humiliés par l'impudente familiarité du marchand, mais tous deux voyaient aussi la nécessité de se contraindre. Plus l'homme se montrait insensible et sordide, plus Mme Shelby craignait qu'il ne réussît à s'emparer d'Élisa et d'Henri, et plus elle redoublait d'efforts et d'artifices féminins pour le retenir. Elle lui souriait gracieusement, causait avec aisance et familiarité, et mettait tout en œuvre pour faire couler le temps d'une façon imperceptible.

À deux heures, Sam et Andy amenèrent les chevaux rafraîchis et tout gaillards de leur escapade du matin.

– Enfourchez-moi vos bêtes, et en avant! s'écria Haley en s'élançant sur son cheval.

Sam obéit et, sautant à cheval, trouva encore le moyen de chatouiller son camarade. Andy partit aussitôt d'un éclat de rire immodéré, à la grande indignation de Haley, qui lui allongea un coup de cravache.

– J'irai à la rivière par le plus court, dit le marchand d'un ton décidé, dès que les limites de la propriété furent dépassées. Je connais toutes leurs ruses, ils se creuseraient des chemins sous terre!

– Y a deux routes pour aller à la grande rivière, la route vieille d'en bas et la route neuve d'en haut. Laquelle massa veut-il prendre? demanda Sam.

Andy ouvrit de grands yeux à cette révélation d'un nouveau fait géographique, mais ne s'en hâta pas moins de le confirmer avec véhémence.

– Lisa, reprit Sam, a sûrement pris la route d'en bas, vu qu'elle est la moins fréquentée. Mais massa ira par où massa voudra, c'est sûr : au plus court, par la route d'en haut, si massa pense qu'elle est la meilleure.

– Elle choisira nécessairement le chemin le plus solitaire, pensait tout haut le marchand, sans écouter Sam.

– Pas sûr, reprit celui-ci. Les filles ont leurs caprices ! Elles font jamais comme on croit qu'elles doivent faire, mais tout juste le contraire.

Le marchand demanda si la route d'en bas était proche.

– Une poussée en avant, répliqua Sam avec un clin d'œil à Andy, et il ajouta gravement : Mais, massa, j'ai bien réfléchi à l'affaire : il faut pas prendre par là. D'abord, je la connais pas du tout, cette route d'en bas, un vrai désert, à se perdre et tomber Dieu sait où !

– N'importe, je prends la route du bas, affirma Haley.

– On dit que ce vieux chemin est tout coupé par des cours d'eau et des haies – pas moyen d'y passer. Hors service, pas vrai, Andy ?

Accoutumé à évaluer des mensonges plus ou moins patents, Haley penchait pour la vieille route. Les tentatives du Noir pour le dissuader de la choisir lui semblaient autant d'impudents mensonges faits, sur mûre réflexion, en faveur d'Élisa.

En conséquence, dès que Sam indiqua la route d'en bas, il s'y précipita aveuglément.

C'était, en effet, l'ancien chemin de la rivière, mais abandonné depuis des années, et qui, ouvert seulement à l'entrée, était ensuite coupé de fossés, de haies et de barrières. Sam le savait parfaitement, et il y avait longtemps que cette voie était hors d'usage.

Sam, fort en train, prétendait être aux aguets : tantôt il s'écriait qu'il voyait pointer un chapeau de femme au sommet de quelque talus, tantôt il en appelait à Andy : n'était-ce pas Lisa qui se cachait dans ce vallon ? Ces exclamations partaient toujours dans les endroits les plus raboteux, les plus rocailleux de la route, lorsqu'il était très difficile de pousser les chevaux, et toujours Haley était tenu en haleine.

Après avoir chevauché de la sorte une bonne heure, tous trois arrivèrent tumultueusement dans une large cour entourée de granges. Il n'y avait personne en vue, mais la ferme dont ces granges faisaient partie barrait la route, qui, évidemment, se terminait là.

– Gredin ! s'écria Haley, tu le savais !

– Oh ! j'ai tout bien dit à massa, et massa a pas voulu me croire. J'ai dit que c'était tout fermé : barrières, haies, fossés, pas possible de passer. M'as-tu pas entendu, Andy ?

La chose était trop vraie pour être disputée. Force fut au malheureux marchand de dissimuler sa rage du mieux qu'il le put, et tous trois, tournant casaque, se dirigèrent vers la nouvelle route.

Grâce à ces nombreux retards, il pouvait y avoir trois quarts d'heure qu'Élisa était arrivée à l'auberge, lorsque le trio atteignit le village. Assise à la fenêtre, la jeune femme regardait dans une autre direction quand l'œil perçant de Sam la découvrit. Haley et Andy se trouvaient quelques pas en arrière. Dans ce moment critique, Sam parvint à faire enlever son chapeau par un coup de vent et poussa un cri formidable qui fit tressaillir la jeune femme : elle se rejeta en arrière.

Une porte dérobée donnait sur la rivière. Enlevant l'enfant dans ses bras, Élisa descendit rapidement les marches et disparaissait derrière la berge, lorsque Haley l'aperçut. Se jetant à bas de son cheval, il appela à grands cris : « Sam ! Andy ! » et s'élança sur ses traces, comme un limier court sur un daim. Dans cet instant vertigineux, les pieds de la fugitive ne touchaient pas terre ; en un clin d'œil, elle gagna la rive. Ils arrivaient sur elle. Animée d'une force que Dieu n'accorde qu'aux désespérés, avec un cri sauvage et un terrible élan, elle franchit d'un bond le courant bourbeux et atterrit sur un radeau de glaces. C'était un saut prodigieux, la folie, le désespoir seuls le pouvaient tenter, et Sam, Andy et Haley, les mains levées, poussèrent instinctivement un cri.

Le glaçon verdâtre sur lequel elle s'abattit craqua et s'enfonça sous son poids, mais elle ne s'y arrêta pas. Avec des cris perçants et une indomptable énergie, elle s'élance sur un autre, puis encore sur un autre. Elle trébuche, se relève, chancelle, glisse, rebondit, s'élance encore ; ses souliers sont partis, ses bas coupés, son sang marque chacun de ses pas, elle n'aperçoit rien, n'entend rien, ne sent rien, jusqu'à ce que, vaguement, comme dans un rêve, elle entrevoie l'autre bord et un homme qui l'aide à y grimper.

– Brave fille, qui que tu sois ! Brave créature ! criait l'homme en jurant.

Élisa reconnut la voix et les traits d'un fermier qui habitait près de son ancienne maison.

– Oh ! monsieur Symmes ! sauvez-moi ! cachez-moi !

– Mais, n'est-ce pas la fille des Shelby ? dit l'homme.

– Mon enfant – ce garçon –, ils l'ont vendu ! Voilà son maître, dit-elle en montrant du doigt la rive du Kentucky. Oh ! monsieur Symmes, vous aussi vous avez un petit garçon !

– Oui, j'en ai un, dit l'homme, qui, d'une façon rude et tendre à la fois, la tirait en haut de la berge escarpée. Tu es une fille courageuse.

Quand ils eurent gagné le plateau, l'homme s'arrêta.

– Je serais content de faire quelque chose pour

toi, mais je n'ai pas où te mettre. La seule aide que je puisse te donner, c'est de te conseiller d'aller là – et il lui désigna une grande maison blanche, à l'écart de la grande rue du village. Vas-y. Tu y trouveras de braves gens qui s'entendent à ces sortes d'affaire.

– Le Seigneur vous bénisse, dit Élisa avec ferveur. Bien sûr, monsieur, vous ne le direz à personne !

– Mille tonnerres ! pour qui me prends-tu, ma fille ? Tu as bien gagné ta liberté, et tu l'aurais si ça ne tenait qu'à moi.

Élisa serra son fils dans ses bras et marcha d'un pas ferme et rapide. L'homme restait à la regarder.

– Shelby trouvera peut-être que ce n'est pas un acte de bon voisinage, mais, qu'y faire ? Jamais je n'aurai le cœur de voir de pauvres êtres courir, hors d'haleine, avec les chiens sur leurs talons, et de me mettre aussi contre eux !

Haley, stupéfié, était resté immobile, spectateur de toute la scène, jusqu'à ce qu'Élisa eût complètement disparu. Alors il se tourna vers Sam et Andy.

– Il faut que la fille ait sept diables dans le corps ! dit-il. Elle bondissait comme un chat sauvage !

Sam et Andy éclatèrent de rire, les larmes jaillirent de leurs yeux.

– Je vous ferai rire à l'envers, gredins! dit Haley.

Sa cravache voltigea autour de leurs têtes; ils plongèrent, s'élancèrent en haut de la berge et furent en selle avant qu'il les eût rattrapés.

– Bonsoir, massa, dit Sam avec une gravité solennelle. Massa Haley n'a plus besoin de nous. Jamais la maîtresse ne permettrait que ses chevaux traversent ce soir comme Lisa!

Et, donnant un facétieux coup de poing dans les côtes d'Andy, il prit le trot, suivi de son camarade, et leurs éclats de rire s'éteignirent dans le lointain, emportés par la brise du soir.

LES TRAQUEURS D'HOMMES

Lentement, l'air déconfit, Haley gagna la petite taverne pour y ruminer à son aise sur le parti à prendre. «Qu'avais-je besoin de ce fichu marmot?» se dit-il. Et il se soulagea par une bordée d'imprécations sur lui-même.

La voix haute et discordante d'un homme qui mettait pied à terre à la porte de l'auberge, tira le marchand de son monologue. Il s'élança à la fenêtre et s'écria:

– Ciel et terre, si ce n'est pas juste comme qui dirait une providence! Voici Tom Loker en personne!

Haley sortit aussitôt. Devant le comptoir se tenait un homme bronzé, athlétique, haut de six pieds, large à proportion, et auquel son surtout de peau de buffle, le poil en dehors, donnait un air farouche et terrible que ne démentait en rien sa physionomie. Si le lecteur peut se figurer un bouledogue passé à l'état d'homme, et se promenant en habit et en chapeau, il aura une idée assez juste du physique de ce personnage. L'homme était accompagné d'un individu qui formait avec lui le plus parfait contraste. Ce dernier était court et fluet. De ses petits yeux noirs pointait un regard de souris, perçant et inquiet. Son nez mince semblait s'allonger pour fouiller et sonder toutes choses, ses cheveux noirs, plats, lisses et rares, ramenés en avant, se collaient sur son crâne, et tous ses gestes annonçaient une subtilité aride et circonspecte.

Le grand costaud se versa la moitié d'une rasade de forte eau-de-vie et la siffla d'un trait, sans mot dire.

– Hé ! s'écria Haley, Loker, comment ça va ?

Il tendit la main au gros homme.

– Au diable ! fut la réponse polie de l'homme.

L'homme-rat, qui portait le nom de Marks et qui buvait à petites gorgées dans son coin, s'interrompit, et fixa sur le nouveau venu un œil futé comme celui du chat qui épie la feuille sèche.

– Tom, je suis dans un épouvantable pétrin, et je ne vois que vous qui puissiez m'en tirer.

Haley se plongea sans retard dans le pathétique récit de ses tribulations.

– Bah ! fit Tom Loker, qui l'avait écouté avec un mépris évident, mes filles ne se permettent pas de pareils tours avec moi !

– Vrai ? Et comment les en empêchez-vous ? demanda Marks.

– Moi ? Quand j'achète une fille, dès que son petit est mûr pour la vente, je lui mets le poing sous le nez : « Regarde-moi ce poing, lui dis-je. Si tu t'avises de souffler mot, tu vois ce qui t'aplatira la face. Je ne veux pas entendre un mot, pas le commencement d'un mot. Ce petit est à moi, pas à toi. Je le vends à la première occasion. Pas de blagues ou je te ferai souhaiter n'être jamais née. » Je vous garantis qu'elles savent qu'il ne s'agit pas de rire, et je vous les rends muettes comme des poissons.

– Je dis – et, se renversant sur sa chaise, Haley gesticula avec véhémence – et je maintiens que le trafic n'est pas tout, que l'argent n'est pas tout. Nous avons des âmes, tous tant que nous sommes. Un de ces jours, quand j'aurai arrondi mon petit magot, je songerai sérieusement à mon âme.

– Songer à votre âme ! répéta dédaigneusement Loker. Fameux lorgnon que celui qui découvrirait la vôtre ! Quelle différence y a-t-il de vous à moi, je vous prie ?

– Allons, messieurs, il ne s'agit pas de cela, dit Marks, s'entremettant. M. Haley est un homme scrupuleux, il a sa conscience, et vous, Tom, vous avez votre système, et un bon système. Voyons, monsieur Haley, de quoi s'agit-il ? De vous attraper la fille, n'est-ce pas ?

– La fille ne me concerne en rien : elle appartient aux Shelby ; c'est seulement son petit que je veux.

– Cette fille, monsieur Haley, comment est-elle ?

– Oh ! belle et très bien élevée.

– Belle – bien élevée ! répéta Marks, et ses yeux perçants, son nez, ses lèvres s'aiguisèrent de cupidité. Voyez un peu, Loker, il y a une affaire pour nous là-dedans. Nous faisons la chasse : l'enfant va à M. Haley, et nous emmenons la fille à La Nouvelle-Orléans pour la vendre !

Tom, dont les pesantes mâchoires étaient restées entrouvertes durant cette communication, les referma d'un coup, comme s'il happait un bon morceau et se disposait à digérer l'idée à loisir.

– Ça ira ! s'écria-t-il.

– Mais, messieurs, n'aurai-je pas une part du profit ? demanda Haley.

– Quoi ! n'est-ce pas assez que nous vous

attrapions l'enfant ? Que vous faut-il de plus ? dit Loker.

– Eh ! n'est-ce pas moi qui ai levé le gibier ? Cela vaut quelque chose, j'imagine. Dix pour cent sur les bénéfices.

– Pour le coup ! s'écria Loker avec un formidable juron et en écrasant presque la table d'un coup de poing, je vous reconnais bien là, Daniel Haley ! Ce n'est pas pour rien que j'ai fait si longtemps des affaires avec vous. J'ai appris à ne pas lâcher l'anguille quand je la tiens. Vous allez me débourser tout de suite cinquante dollars, ou pas d'enfant.

– Comment ! quand vous avez sous la main une magnifique affaire qui vous rapporte de mille à quinze cents dollars ! Ah ! Tom ! vous n'êtes pas raisonnable.

– Vraiment ! Nous avons plus de cinq semaines de besogne assurée, plus que nous n'en pourrons faire. Supposez que nous plantions tout là pour battre les buissons après votre bambin, et qu'en résultat nous n'attrapions ni l'enfant ni la mère ! Nous serions bien avancés ! Allez-vous nous payer un sou d'indemnité ? Non. Si j'agrippe le marmot, je l'amène à Cincinnati et je le laisse chez la grand-mère Belchu, au débarcadère, dit Loker.

Après avoir encore échangé quelques mots sur les arrangements ultérieurs avec les deux associés,

Haley déboursa, non sans une répugnance visible, les cinquante dollars convenus, et le trio se sépara.

Si la délicatesse de quelques-uns de nos lecteurs chrétiens se trouve choquée de la société dans laquelle cette scène vient de les introduire, qu'ils veuillent bien faire taire leurs préjugés et ajourner leurs scrupules. Le métier de traqueur d'esclaves est en passe de devenir une honorable, patriotique et légale profession. Si tout le large territoire qui s'étend du Mississippi à l'océan Pacifique devient un grand bazar pour le débit des corps et des âmes, le marchand et le traqueur d'esclaves pourront prendre rang dans l'aristocratie américaine.

OÙ L'ON VOIT QU'UN SÉNATEUR N'EST QU'UN HOMME

Les lueurs d'un feu joyeux éclairaient gaiement les tentures et le tapis du petit salon riant où le sénateur Bird tirait ses bottes, avant de glisser ses pieds dans les douillettes pantoufles que, durant la session du Congrès, sa femme venait de lui broder.

– Eh bien, lui dit celle-ci, qu'a-t-on fait au sénat ?

Or c'était chose inattendue chez la douce Mme Bird que de se troubler la tête des affaires des chambres législatives, ce qui se passait dans les siennes suffisant à l'occuper. M. Bird ouvrit donc de grands yeux en lui répondant :

– Rien de bien important.

– Dans ce cas, il n'est pas vrai qu'on ait fait une loi défendant de donner à boire et à manger aux pauvres gens de couleur qui passent par ici ? J'espère, mon cher, que rien de ce genre n'a passé.

– Nous avons ratifié une loi qui défend de prêter secours aux esclaves fugitifs qui nous viennent du Kentucky, ma chère. Ces fous d'abolitionnistes en ont tant fait que nos frères du Kentucky se sont montés la tête, et il a semblé nécessaire de faire quelque chose de ce côté de l'Ohio pour calmer l'agitation.

– Que dit-elle donc, cette loi ? Elle ne nous défend pas, j'espère, d'abriter une nuit de pauvres créatures, de leur donner un bon repas, quelques vieilles hardes, et de les renvoyer ensuite paisiblement à leurs affaires ?

– Mais si, ma chère. Ce serait les aider et se faire leurs complices.

– John, vous devriez avoir honte ! De pauvres créatures sans logis, sans amis ! C'est une loi odieuse, lâche, abominable. Pour ma part, je la violerai à la première occasion. Je n'entends rien à toute votre politique, mais je puis ouvrir ma Bible et j'y lis qu'il faut nourrir celui qui a faim, habiller celui qui est nu, consoler celui qui pleure. Je vous connais bien, John ! Cela ne vous semble pas plus loyal qu'à moi, et vous ne le ferez pas plus que moi.

À ce moment critique de la discussion, le vieux Cudjoe, l'homme à tout faire de la maison, entrouvrit la porte, montra sa face noire et pria la maîtresse de passer un moment à la cuisine. Le sénateur profita de ce répit ; son regard, mi-facétieux, mi-vexé, suivit une minute sa femme, puis il se plongea dans sa bergère et dans son journal.

Peu après, la voix émue de Mme Bird se fit entendre à la porte :

– John ! Venez ! venez tout de suite, je vous prie !

Il posa la gazette, se rendit à la cuisine et demeura stupéfait devant le spectacle qui s'offrait à lui. Sur deux chaises, devant la cheminée, était étendu un corps, en apparence privé de vie. C'étaient les formes délicates d'une jeune femme ; ses vêtements raides et glacés tombaient en lambeaux ; un de ses pieds saignants et déchirés conservait les débris d'un soulier, l'autre, les restes d'un bas ; l'empreinte de la race méprisée se devinait encore sur ce pâle visage, dont il était impossible cependant de contempler sans émotion la touchante et douloureuse beauté. Aidée de leur unique servante mulâtre, la tante Dinah, sa femme prodiguait les secours, et le vieux Cudjoe, tenant un enfant sur ses genoux, se hâtait de lui enlever ses bas et ses souliers, et de réchauffer ses petits pieds glacés.

– Pauvre femme ! dit Mme Bird lorsque, entrouvrant enfin ses grands yeux noirs, l'étrangère promena autour d'elle un regard vague. Vous n'avez rien à craindre ici : vous êtes avec des amis. Dites-moi d'où vous venez, et ce qu'on peut faire pour vous.

– Je viens du Kentucky.

– Quand ? demanda M. Bird.

– Ce soir.

– Comment avez-vous fait ?

– J'ai traversé sur la glace.

– Sur la glace ! se récrièrent-ils tous.

– Étiez-vous esclave ? reprit M. Bird.

– Oui, monsieur, d'un habitant du Kentucky.

– Était-il dur pour vous ?

– Non, monsieur, un bon maître.

– Et votre maîtresse ?... méchante peut-être ?

– Non, monsieur, excellente.

– Alors pourquoi quitter une bonne maison et fuir à travers tant de dangers ?

La femme avait jeté sur Mme Bird un regard scrutateur ; elle avait vu le deuil profond de ses vêtements.

– Madame, dit-elle, n'avez-vous jamais perdu d'enfant ?

La question tout à fait inattendue rouvrait une

blessure vive : il n'y avait pas un mois qu'un enfant chéri avait été déposé dans la tombe. M. Bird se détourna et marcha vers la fenêtre. Sa femme fondit en larmes et retrouvant enfin la voix :

– Pourquoi cette question ? dit-elle. J'ai perdu un cher petit...

– Vous me plaindrez alors ; j'en ai perdu deux, l'un après l'autre ; ils sont enterrés là-bas, d'où je viens. Il ne me restait plus que celui-ci, et on allait me l'enlever, madame, pour le vendre ! Je n'ai pu le supporter, madame.

Ni pleurs, ni sanglots : la femme en était au point où les larmes tarissent. Mais chacun autour d'elle laissait, à sa manière, échapper les marques d'un profond attendrissement. Le sénateur tourna le dos à la compagnie, considéra la fenêtre, s'éclaircit plusieurs fois le gosier et se moucha d'une façon très suspecte.

– Comment avez-vous pu me dire que vous aviez un bon maître ! s'écria-t-il soudain.

– Parce qu'il était vraiment bon, et ma chère maîtresse, si bonne ! Mais ils étaient dans les dettes ; l'homme auquel ils devaient de l'argent avait prise sur eux, et ils étaient forcés de suivre sa volonté.

– Vous avez un mari ?

– Oui, mais il appartient à un autre homme, un maître dur, qui lui permettait à peine de venir me voir. Je crois que je ne le reverrai jamais.

Elle dit ces paroles d'une voix si tranquille, qu'un observateur vulgaire eût pu la supposer indifférente, mais, dans ses grands yeux noirs et fixes, on pouvait lire une profonde angoisse.

– Et où comptez-vous aller, ma pauvre petite ? demanda Mme Bird.

– Au Canada, si je savais où c'est ! Faut-il faire beaucoup de chemin ?

– Plus que vous ne pensez, pauvre enfant, dit Mme Bird, mais nous allons réfléchir à une solution. Allons, Dinah, dresse-lui un lit dans ta chambre, près de la cuisine et, demain matin, nous aviserons au reste.

Mme Bird et son mari retournèrent au salon. Le sénateur arpentait la pièce à grands pas.

– Une jolie besogne pour moi, s'ils venaient à être attrapés ici tous deux ! Non ! il faut qu'elle parte à l'instant même.

– Cette nuit ! et pour aller où ?

– Oh ! je sais où la conduire.

Et le sénateur commença à remettre ses bottes.

– Mon ancien client Van Trompe est venu du Kentucky après avoir affranchi tous ses esclaves ; il a acheté une habitation à sept milles d'ici. C'est un pays perdu dans les bois où personne ne s'aviserait d'aller. Elle y sera en sûreté, mais il faut l'y mener en voiture et de nuit, et il n'y a que moi qui le puisse.

– Votre cœur est meilleur que votre tête,

John, dit sa femme en posant sa petite main blanche sur celle de son mari. Vous aurais-je si fort aimé, si je ne vous avais connu mieux que vous ne vous connaissez vous-même ?

Et, en disant cela, elle était si jolie avec ses yeux brillants de larmes, que le sénateur se regarda comme un personnage bien séduisant pour s'être attiré l'admiration d'une si ravissante créature. Que lui restait-il à faire, sinon d'aller inspecter la voiture ? À la porte, néanmoins, il s'arrêta une minute et, revenant sur ses pas, dit d'un ton hésitant :

– Marie ! pardon… je ne sais ce que vous en penserez… Mais il y a ce tiroir tout plein… plein des habits de ce pauvre… de ce pauvre petit.

Et, tournant les talons, il tira la porte après lui.

Sa femme ouvrit lentement un cabinet attenant à sa chambre. Là, d'un renfoncement secret, elle sortit une clef qu'elle fit entrer dans la serrure d'un tiroir, qu'elle tira doucement : il s'y trouvait de petits manteaux, de petits vêtements de diverses formes, des piles de petits tabliers, des rangées de petits bas, même une paire de souliers, usés au bout, qui sortaient à demi de leur enveloppe de papier.

La vieille horloge sonna minuit et elle entendit le bruit sourd des roues devant la porte.

– Marie, dit M. Bird en entrant, son paletot sur le bras, il est temps. Allez les réveiller.

Mme Bird déposa promptement les habits dans une petite malle, pria son mari de la faire porter dans la voiture et courut appeler la pauvre femme. Celle-ci parut bientôt sur le seuil, son enfant dans ses bras. Le sénateur la fit monter en voiture. Sa femme se hissa derrière lui sur le marchepied. Élisa, penchée hors de la portière, tendit sa main ; ses longs yeux noirs s'attachèrent à ceux de Mme Bird avec une expression pénétrante et passionnée : du doigt, elle désigna le ciel avec un de ces regards que l'on n'oublie pas, retomba sur son siège, se couvrit le visage de ses mains, et la voiture roula.

La situation était des plus critiques pour le patriote qui venait, la semaine précédente, de provoquer, dans la législature de son pays, de sévères mesures contre les esclaves fugitifs, leurs receleurs et leurs complices. Sublime, les mains dans ses poches, il avait vitupéré la faiblesse sentimentale de ceux qui peuvent mettre en balance, avec les grands intérêts de l'État, leur puérile pitié pour quelques misérables fugitifs.

Audacieux comme un lion, plein de sa conviction, il l'avait fait pénétrer dans toutes les âmes, mais alors il ne voyait que les froides lettres qui forment le mot *fugitif*. Il n'avait pas imaginé que le fugitif pût être une malheureuse mère, un pauvre enfant sans défense – comme celui qui portait maintenant le petit chapeau de l'enfant qu'il avait vu mourir. Ainsi donc, notre sénateur n'étant ni de bronze ni de pierre, mais un homme et un homme de cœur, son patriotisme se trouvait dans une triste passe.

Si notre brave sénateur se chargeait la conscience d'un péché politique, il allait l'expier par une nuit de pénitence. Il y avait eu d'interminables périodes de pluies; dans ces bienheureuses régions de l'Ouest, où la boue est d'une profondeur sans limites, les routes sont fabriquées à l'aide de troncs d'arbre raboteux placés transversalement et revêtus de terre, de mousse, de gazon. Avec le temps et les pluies, gazon et terre disparaissent, les troncs voyagent çà et là, s'arrêtent dans des postures pittoresques, un bout en l'air, l'autre en bas, laissant entre eux de vastes ornières pleines d'une boue noire et liquide.

C'était sur une route de ce genre que trébuchait notre sénateur. Il était fort tard lorsque la voiture boueuse et ruisselante s'arrêta à la porte d'une grande ferme. Il fallut quelque persévérance pour en réveiller les habitants. Enfin, le respectable propriétaire parut.

John Van Trompe, jadis propriétaire de vastes biens dans le Kentucky et d'un nombre d'esclaves considérable, doué par la nature d'un grand cœur dans un corps de géant, avait supporté pendant quelques années avec un malaise croissant un système également funeste à l'oppresseur et à l'opprimé. Un jour, enfin, son noble cœur s'était gonflé au point de rompre sa chaîne. Van Trompe avait pris son portefeuille et, traversant le fleuve, avait acheté dans l'Ohio bon nombre d'hectares d'un terrain riche et productif. Après quoi, affranchissant tout son monde, hommes, femmes, enfants, il les avait expédiés dans des charrettes à ces nouvelles terres pour s'y établir. Lui-même s'était retiré dans une ferme isolée et jouissait en paix, dans cette profonde retraite, de sa conscience et de ses réflexions.

– Êtes-vous homme à protéger une pauvre femme et son enfant contre des traqueurs d'esclaves? demanda le sénateur.

– Je pense que oui! répondit Van Trompe.

– J'en étais sûr.

Le géant passa sa main puissante à travers le chaume épais qui formait sa chevelure et éclata d'un rire homérique.

Fatiguée, exténuée, abattue, la pauvre Élisa se traîna vers la porte, son enfant profondément endormi dans ses bras. Van Trompe approcha la lumière de sa figure et, laissant échapper un grognement de compassion, ouvrit la porte d'une petite chambre attenante à une vaste cuisine. Il lui fit signe d'y entrer, alluma une chandelle, posa le flambeau sur la table et dit à Élisa:

– Jeune fille, ne vous avisez pas d'avoir peur – il montra deux ou trois bonnes carabines rangées au-dessus de la cheminée. Ceux qui me connaissent savent qu'il ne serait pas sain d'essayer d'enlever quelqu'un de chez moi contre mon gré ! Donc, dormez sur vos deux oreilles.

Ayant parlé, il referma la porte. Le sénateur lui raconta brièvement les aventures d'Élisa, puis lui mit dans la main un billet de dix dollars.

– C'est pour elle, dit-il.

Ils échangèrent une poignée de main et se séparèrent.

PRISE DE POSSESSION DE LA MARCHANDISE

Le jour apparaît, gris et brumeux, à travers la fenêtre de la case de l'oncle Tom. Il éclaire des visages abattus, reflets de cœurs plus tristes encore. Une ou deux chemises grossières, mais propres, fraîchement repassées, sont posées sur le dos d'une chaise devant le feu et, sur la petite table, tante Chloé en étale une troisième. Elle unit et aplatit d'un coup de fer chaque pli, chaque ourlet, avec la plus scrupuleuse exactitude ; de temps à autre, elle porte sa main à son visage pour essuyer les pleurs qui coulent le long de ses joues.

Tom est assis, sa Bible ouverte sur les genoux, la tête appuyée sur sa main.

– À présent, dit tante Chloé, je vais empaqueter tes affaires. Je mets dans ce coin-là les gilets de flanelle pour tes rhumatismes ; faut en prendre soin, car tu n'auras plus personne pour t'en faire d'autres. Ici, dessous, les vieilles chemises, et, dessus, les neuves. Voici les bas que j'ai remaillés hier soir ; j'ai mis dedans la pelote de laine pour les raccommoder. Mais, seigneur Dieu, qui les raccommodera ?

Et tante Chloé éclata en sanglots.

Les petits garçons commencèrent à comprendre ce qui se passait. Voyant leur mère en larmes et leur père profondément triste, ils se mirent à pleurnicher et à s'essuyer les yeux. L'oncle Tom tenait la petite sur ses genoux : elle lui égratignait le visage, lui tirait les cheveux et éclatait en bruyantes explosions de joie.

– Oui, ris, chante, pauv' créature ! dit tante Chloé. Tu en viendras là, toi aussi ! Tu vivras pour voir ton mari vendu, pour être peut-être vendue toi-même, et les garçons seront vendus à leur tour. Mieux vaudrait pour un pauv' Nèg' n'avoir ni enfants, ni rien du tout.

Moïse cria du dehors :

– Maîtresse arrive !

Mme Shelby entra.

– Mon brave Tom, dit-elle, je ne puis rien t'offrir qui te serve : de l'argent, on te le prendrait – mais je te promets devant Dieu de ne pas perdre ta trace et de te racheter dès que j'aurai amassé la somme nécessaire. Jusque-là, confie-toi à la Providence.

Les enfants crièrent alors que massa Haley venait. Un coup de pied ouvrit la porte, et le marchand apparut sur le seuil, de fort méchante humeur d'avoir passé la nuit à galoper sans avoir pu saisir sa proie.

– Allons, Nègre, es-tu prêt ?

– Serviteur, madame, dit-il en ôtant son chapeau devant Mme Shelby.

La tante Chloé ferma et corda la caisse, puis, se redressant, lança au marchand un regard furibond. Tom se leva pour suivre son nouveau maître. Il chargea la lourde caisse sur ses épaules. Sa femme, la petite Polly dans ses bras, se mit en devoir de l'accompagner. Toujours en pleurs, les enfants trottinaient derrière.

La triste famille s'achemina vers un chariot attelé devant la porte. Tous les esclaves de l'habitation, jeunes et vieux, s'étaient rassemblés pour dire adieu à leur ancien camarade.

– Monte, et vite ! dit Haley à Tom.

Tom monta. Haley, tirant de dessous la banquette deux lourdes chaînes, les lui fixa autour des chevilles.

Un murmure étouffé d'indignation circula, et Mme Shelby s'écria :

– Monsieur Haley, c'est une précaution tout à fait inutile, je vous assure.

– Peux pas savoir, madame. J'ai perdu ici cinq cents bons dollars. Je n'ai pas les moyens de courir de nouveaux risques.

– Je suis fâché, dit Tom, que massa Georgie soit en route.

Georgie était allé passer deux ou trois jours avec un camarade sur une habitation voisine : il était parti de grand matin, avant que le malheur de Tom se fût ébruité, et ignorait donc tout.

– Faites-lui mes amitiés, dit Tom.

Haley fouetta le cheval et emporta son bien, qui, la tête tournée en arrière, jetait un long regard triste à la chère vieille maison.

M. Shelby avait eu soin de ne pas se trouver chez lui. Peu désireux d'assister aux scènes désagréables de la prise de possession, il était allé en tournée d'affaires dans le haut pays, espérant bien que tout serait terminé à son retour.

Tom et Haley roulèrent sur le chemin poudreux, chaque objet familier s'enfuyant en arrière, jusqu'à ce qu'ils eussent atteint les limites de la plantation et gagné la grand-route. Au bout d'un mille environ, Haley s'arrêta devant une forge et y entra, une paire de menottes à la main.

– Elles sont un peu trop petites pour le gabarit du bonhomme, dit Haley en montrant d'un doigt les fers et de l'autre Tom.

– Seigneur ! est-ce que ce serait Tom de chez Shelby ! s'écria le forgeron. Il ne l'a pas vendu ! C'est impossible !

– Mais si, répondit Haley.

– Qui aurait cru ça ?... Oh ! vous n'avez pas besoin de l'enchaîner si fort ! Il n'y a pas de créature plus fidèle...

– Je ne connais pas de meilleure garantie que de bonnes chaînes.

– Eh bien ! c'est tout de même dommage qu'un si bon sujet aille là-bas se faire broyer chair et os dans une de vos plantations à sucre.

– Il a encore de la chance, lui. J'ai promis de faire pour le mieux. Je le vendrai comme domestique à quelque ancienne famille, et si la fièvre jaune ne l'emporte pas, s'il parvient à s'acclimater, il aura une aussi bonne niche qu'aucun de ses pareils puisse désirer.

Pendant cette conversation, Tom était resté tristement assis à sa place. Tout à coup, il entendit le rapide galop d'un cheval. Il n'était pas encore revenu de sa surprise que le jeune maître Georgie avait déjà sauté dans le chariot et lui jetait les deux bras autour du cou en s'écriant dans une fureur mêlée de sanglots :

– C'est indigne ! C'est une honte ! Ah ! si j'étais un homme, on n'aurait pas osé !... on ne l'aurait pas fait !

– Oh ! massa Georgie ! c'est un si grand bonheur pour moi de vous voir ! Si vous saviez tout le bien que vous me faites !

Un mouvement de Tom attira les yeux de Georgie sur les chaînes qui lui liaient les pieds.

– Quelle infamie ! dit-il. J'assommerai ce misérable – oui, je l'assommerai !

– Non. Vous n'en ferez rien, massa Georgie : si vous le fâchez, je ne m'en trouverai pas mieux.

– Alors je me retiendrai pour l'amour de toi, mais c'est une honte ! Regarde par ici, oncle Tom, dit-il, le dos tourné à la forge, en baissant la voix d'un air mystérieux. Je t'ai apporté mon dollar !

– Oh ! pour rien au monde je ne voudrais vous le prendre, massa Georgie, dit Tom, tout ému.

– Tu le prendras, je le veux, dit Georgie. J'ai dit à tante Chloé que je te l'apportais. Elle m'a conseillé d'y faire un trou et d'y passer un cordon : comme ça, tu pourras toujours l'avoir autour du cou et le tenir caché.

Il lui accrocha le dollar au cou.

– Maintenant boutonne ta veste. Garde-le bien, et chaque fois que tu verras ce dollar, oncle Tom, rappelle-toi que j'irai là-bas exprès pour te chercher et te ramener. Je persécuterai mon père nuit et jour, jusqu'à ce qu'il cède.

– Massa Georgie, soyez un bon maître

comme votre père, et soyez chrétien, comme votre mère.

– Je m'appliquerai surtout à être bon, oncle Tom; je te le promets.

Haley sortit de la forge, les menottes à la main, alors que Georgie sautait à bas du chariot.

Le jeune garçon se retourna d'un air de supériorité:

– Vous n'avez pas honte de passer votre vie à vendre des hommes et des femmes, et à les enchaîner comme des bêtes?

– Tant que vos grandes gens achèteront des hommes et des femmes, je ne croirai pas valoir moins qu'eux parce que je leur en vends. Il n'y a pas plus de bassesse à les vendre qu'à les acheter.

– Je ne ferai jamais ni l'un ni l'autre! s'écria Georgie.

Il se dressa sur sa selle et regarda autour de lui, comme pour juger de l'effet produit dans le Kentucky par cette déclaration.

– Au revoir, oncle Tom!

– Au revoir, massa Georgie! dit Tom en le contemplant avec une tendresse admirative. Ah! le Kentucky n'en a pas beaucoup comme vous! ajouta-t-il lorsqu'il eut perdu de vue la figure enfantine du garçon.

Il sentit un point chaud sur son cœur: c'était le précieux dollar que Georgie y avait placé. Il y porta la main et le serra contre lui.

LA MARCHANDISE PREND DES LIBERTÉS

À une heure avancée de l'après-midi, par un épais brouillard, un voyageur mettait pied à terre devant la porte d'une assez méchante hôtellerie du village de N..., dans le Kentucky. Dans la salle d'entrée se trouvait réunie une compagnie fort mélangée, que la rigueur du temps avait forcée d'y chercher un abri.

Le voyageur était vieux, petit, gros, avec une figure ouverte et ronde, un aspect original et assez comique. Il tenait à la main sa valise et son parapluie, et résistait avec opiniâtreté aux tentatives des domestiques pour l'en débarrasser. Après avoir jeté un regard inquiet autour de la salle, il battit en retraite jusqu'au coin le plus chaud, s'y établit avec ses précieux bagages et leva timidement les yeux sur un long personnage dont les talons ornaient le bord de la cheminée et qui expectorait de droite à gauche avec une intrépidité alarmante.

– Hé! comment va, mon cher? dit le susdit gentleman, lançant, par manière de salut, une formidable effusion de jus de tabac du côté du nouvel arrivant.

– Pas mal, répliqua l'autre en esquivant avec effroi l'honneur qui le menaçait.

Le vieux monsieur tressaillait chaque fois que

son voisin aux longues jambes faisait feu dans sa direction. Ce dernier s'en aperçut et, tournant avec condescendance son artillerie sur un autre point, il livra un assaut désespéré à l'un des chenets.

– Qu'est-ce que c'est ? demanda le vieux en voyant plusieurs personnes se grouper autour d'une grande affiche.

– Le signalement d'un Nègre, répondit laconiquement quelqu'un.

M. Wilson, c'est le nom du vieil homme, se leva et, après avoir rangé sa valise et son parapluie, tira méthodiquement ses lunettes de leur étui, les mit sur son nez et lut :

En fuite de chez le soussigné, le mulâtre Georges. Ledit Georges a cinq pieds huit pouces, le teint très clair, les cheveux bruns et bouclés. Il est intelligent, s'exprime bien, sait lire et écrire. Il tentera probablement de se faire passer pour blanc. Il a de profondes cicatrices sur le dos et sur les épaules. Il a été marqué dans la main droite de la lettre H. Quatre cents dollars à qui le ramènera vivant. Même somme à qui apportera une preuve satisfaisante qu'il a été tué.

Le vieil homme lut ce signalement d'un bout à l'autre, à voix basse, comme s'il l'étudiait.

Le vétéran aux longues jambes interrompit l'assaut qu'il livrait aux chenets, ramena ses talons à terre, se leva de toute sa hauteur, marcha droit sur l'affiche et cracha délibérément dessus.

– Voilà ma façon de penser, dit-il avant de retourner s'asseoir. Tout homme qui a un esclave de cette valeur et qui ne trouve pas moyen de mieux le traiter mérite de le perdre. Pareilles affiches sont une honte pour le Kentucky. Traitez-les comme des chiens, et vous aurez de la chienne de besogne ; traitez-les en hommes, ils travailleront et agiront en hommes.

Et, dans la chaleur de sa conviction, l'honnête éleveur de bestiaux accompagna cette sortie morale d'un véritable feu d'artifice en direction de l'âtre.

– Vous pourriez bien avoir raison, l'ami, dit M. Wilson. L'homme que l'on signale est un sujet rare, je ne m'y trompe pas. Il a travaillé une demi-douzaine d'années dans ma fabrique : c'était mon meilleur ouvrier.

La conversation fut interrompue par l'approche d'un élégant petit boguet à un seul cheval, que conduisait un domestique de couleur. En descendit un homme jeune, bien mis, d'allure distinguée, qui fut examiné aussitôt avec tout l'intérêt qu'éveille, chez des oisifs, par un jour de pluie, la présence d'un nouveau venu. Il était grand, avait le teint brun foncé d'un Espagnol, de beaux yeux expressifs, les cheveux bouclés et d'un noir d'ébène. Il entra avec aisance, indiqua d'un signe à son domestique où placer sa malle, salua l'assemblée et, son chapeau à la main, se dirigea lentement vers le comptoir: il se fit inscrire sous le nom de Henri Butler, d'Oaklands, comté de Shelby. Se retournant ensuite avec indifférence, il aperçut l'affiche et la lut:

– Jim, dit-il à son domestique, il me semble que nous avons rencontré quelqu'un de cette tournure chez Bernan, dans le haut pays.

– Oui, maître: seulement je ne suis pas bien sûr pour la main.

Depuis l'entrée de l'étranger, M. Wilson n'avait cessé de l'examiner avec une curiosité avide et troublée. Il lui semblait l'avoir vu quelque part, mais où? impossible de se le rappeler. Tout à coup, un souvenir soudain sembla l'éclairer, et il dévisagea l'étranger d'un air si surpris et effaré que celui-ci se leva et vint droit à lui.

– Monsieur Wilson, je crois? dit-il en lui tendant la main. Pardon de ne pas vous avoir reconnu plus tôt. Je vois que vous ne m'avez pas oublié: M. Butler, d'Oaklands, comté de Shelby. J'aimerais m'entretenir un moment avec vous pour affaires.

M. Wilson le suivit. Ils montèrent dans une grande pièce où pétillait un feu. Le jeune homme ferma la porte, mit la clef dans sa poche, se retourna et, les bras croisés sur sa poitrine, regarda en face M. Wilson.

– Georges ! s'écria celui-ci.

– Oui, Georges, répliqua l'autre.

– Je ne pouvais pas y croire !

– Je suis assez bien déguisé, n'est-ce pas ? dit-il avec un sourire orgueilleux. Un peu de brou de noix a fait de ma peau jaune un brun distingué, et j'ai teint mes cheveux. Ainsi, je ne réponds pas du tout au signalement, comme vous le voyez.

– Georges, tu joues là un jeu bien dangereux !

Nous ferons remarquer en passant que Georges était le fils d'un Blanc et de l'une de ces infortunées qu'une beauté exceptionnelle condamne à devenir l'esclave des passions de leurs maîtres, et à mettre au monde des enfants qui ne connaîtront jamais leur père.

Le brave M. Wilson, vieillard prudent et méticuleux, parcourait la chambre de long en large.

– Te voilà en fuite ! En opposition directe avec les lois de ton pays.

– De mon pays ! répéta Georges avec une profonde amertume. Ai-je un autre pays que la tombe ?... Monsieur Wilson, ajouta-t-il, si les Indiens venaient vous faire prisonnier, vous, votre femme et vos enfants, et prétendaient vous tenir toute la vie à labourer et à faire pousser le maïs pour eux, croiriez-vous de votre devoir de rester dans cette condition ?

– Tu sais bien, Georges, que j'ai toujours été de tes amis – ce que j'en dis est pour ton bien. Il me semble vraiment que tu cours de terribles risques! Si tu es pris, ce sera cent fois pire qu'avant.

– Je le sais, monsieur Wilson. Je cours des risques, mais je me tiens prêt.

Georges ouvrit son surtout et montra deux pistolets ainsi qu'un couteau-poignard.

– Mon père, poursuivit-il, un de vos gentlemen du Kentucky, ne m'a pas jugé digne d'être mis à part de ses chiens et de ses chevaux. J'ai vu ma mère mise à l'encan, elle et ses sept enfants: ils ont été vendus sous ses yeux, un à un, tous à des acheteurs différents, et j'étais le plus jeune. Elle s'est agenouillée devant mon ancien maître, l'a supplié de l'acheter avec moi, afin qu'il lui restât au moins un enfant: il l'a repoussée d'un coup de botte. J'ai entendu pour la dernière fois les cris et les gémissements de la pauvre femme, alors qu'il m'attachait au cou de son cheval pour m'emmener chez lui. Je n'avais jamais connu ni paix ni consolation: jamais on ne m'avait adressé un mot affectueux, jusqu'au jour où je suis allé travailler dans votre fabrique, monsieur Wilson. Vous m'avez traité humainement, m'avez encouragé à bien faire, à apprendre à lire, à écrire – Dieu sait quelle reconnaissance je vous en garde! C'est alors que j'ai connu ma femme. Vous l'avez vue, vous savez si elle est belle! Voilà que survient mon maître qui m'enlève à mon ouvrage, à mes amis, à tout ce que j'aime, qui me broie et m'enfonce jusqu'aux lèvres dans la boue. Et pourquoi? Parce que, dit-il, j'ai oublié qui j'étais, et qu'il m'apprendra que je ne suis qu'un Nègre! Ce n'est pas tout: il se met entre ma femme et moi, il me commande de l'abandonner pour aller vivre avec une autre. Et vos lois donnent le pouvoir de faire tout cela à la face de Dieu et des hommes! Appelez-vous ces lois les lois de mon pays? Je n'ai pas de pays, monsieur, pas plus que je n'ai de père! Si j'arrive au Canada, le Canada sera mon pays, et j'obéirai à ses lois. Mais si quelqu'un essaie de m'arrêter, malheur à lui! car je suis désespéré. Je combattrai pour ma liberté jusqu'au dernier souffle.

Ce récit, fait tantôt assis, tantôt debout, en marchant de long en large dans la chambre, accompagné de regards flamboyants et de gestes énergiques, était plus que n'en pouvait endurer le paisible et bon naturel du vieil homme auquel il s'adressait.

– Le diable les emporte! s'écria-t-il tout à coup. Va de l'avant, Georges, va de l'avant! Où est ta femme?

– En fuite, monsieur, partie avec son enfant pour aller Dieu seul sait où!

– En fuite! De chez de si bons maîtres!

– Les meilleures familles s'endettent, et les lois de ce pays les autorisent à enlever l'enfant à sa mère pour le vendre et payer les dettes du maître.

– Bien ! reprit l'honnête fabricant en fouillant dans sa poche.

Et, tirant de son portefeuille une liasse de billets, il la tendit à Georges.

– Non, monsieur, vous avez déjà fait beaucoup pour moi, et je craindrais de vous attirer des ennuis. J'ai assez d'argent, j'espère, pour me conduire jusqu'où je dois aller.

– Non, Georges, prends. L'argent est d'un grand secours partout ; on n'en saurait trop avoir, quand on l'a honnêtement. Prends-le, je t'en prie, mon garçon.

– Je l'accepte, monsieur, à la condition de vous le rendre un jour.

– Maintenant, dis-moi, ce Nègre, qui est-il ?

– Un homme sûr, qui s'est enfui au Canada il y a plus d'un an. Jim a appris là-bas que, furieux de sa fuite, son maître avait fait fouetter sa pauvre vieille mère, et il a refait tout le chemin pour essayer de la ramener avec lui. En attendant, Jim m'accompagne jusque dans l'Ohio. Là, il me remettra aux mains d'amis qui l'ont aidé, puis il reviendra chercher sa mère.

– Mais, dit avec hésitation M. Wilson, la marque... dans ta main ?

Georges tira son gant et montra une cicatrice récente :

– Dernière preuve de l'estime de M. Harris, répondit-il. Il y a une quinzaine de jours, l'idée lui est venue de m'en gratifier parce qu'il me soupçonnait de vouloir m'enfuir.

Il remit son gant.

– Je pars demain matin avant l'aube ; j'espère dormir demain soir sain et sauf dans l'Ohio. Au revoir, monsieur. Si vous entendez dire que je suis pris, tenez pour certain que je suis mort !

Georges, droit et ferme comme un roc, tendit d'un air de prince la main à M. Wilson, qui la lui serra cordialement.

INTÉRIEUR D'UNE FAMILLE QUAKER

Une scène de sérénité et de paix se déroule à présent devant nos yeux. Dans cette spacieuse cuisine au plancher brillant, l'on n'aperçoit pas un atome de poussière. Au milieu de la pièce sont deux chaises à bascule ; dans la première, se balance doucement Élisa, appliquée à un délicat travail de couture. À ses côtés, une femme est assise : elle tient sur ses genoux une brillante casserole de métal, où elle range méthodiquement des fruits secs. Elle peut avoir entre cinquante-cinq et soixante ans, mais sa figure est de celles que le temps n'effleure que pour les embellir et les épurer.

On a tant et tant célébré la beauté des jeunes filles, peut-être se trouvera-t-il un jour un poète sensible à la beauté des vieilles femmes ? Qu'il s'inspire de Rachel Halliday, telle qu'elle est là, devant nous, assise dans son fauteuil !

– Ainsi, tu persistes à vouloir aller au Canada, Élisa ? dit Rachel.

– Oui, madame, répondit Élisa d'une voix ferme. Il faut que je parte. Je n'ose pas m'arrêter.

– Tu sais qu'il ne tient qu'à toi de rester ici tant qu'il te plaira.

– Oh ! merci, mais...

Elle désigna du doigt le petit Henri.

– Je ne peux pas dormir en paix : la nuit dernière encore j'ai rêvé que je voyais cet homme entrer dans la cour, dit-elle en frissonnant.

– Pauvre enfant ! Ne t'alarme pas ainsi ! Le Seigneur n'a jamais permis qu'un seul fugitif soit enlevé de notre village : ton fils ne sera pas le premier.

À ce moment, la porte s'ouvrit, et Marie, jeune fille au teint rosé et aux yeux bruns comme ceux de sa mère, fit son entrée.

– Tu ferais bien de remplir la bouilloire, Marie. Voilà Siméon.

Siméon Halliday portait un pantalon, un habit de drap gris et un chapeau à large bord.

– Pas de nouvelles ? demanda Rachel tout en enfournant des biscuits.

– Si. Peter Stebbins m'a dit qu'*ils* seraient ici ce soir avec des *amis*. N'as-tu pas dit que tu te nommais Harris ? ajouta Siméon à l'intention d'Élisa.

– Oui, répondit Élisa d'une voix tremblante, craignant qu'on n'ait affiché son signalement.

– Mère ! dit Siméon, sortant sous le porche en appelant sa femme.

– Que veux-tu, père ? dit Rachel, en essuyant ses mains enfarinées pour aller le rejoindre.

– Le mari de cette petite est avec les nôtres. Il sera ici ce soir.

– En es-tu bien sûr ? demanda Rachel, le visage rayonnant de joie.

– Tout à fait sûr. Peter est accompagné d'une vieille femme et de deux hommes, dont l'un dit se nommer Georges Harris. D'après ce qu'il a conté de son histoire, c'est lui, j'en suis certain : un beau et brave garçon !

Rachel rentra dans la cuisine, où Élisa cousait et, ouvrant la porte d'une petite pièce voisine, lui dit de sa voix la plus douce :

– Viens par ici, ma fille, j'ai des nouvelles pour toi.

Elle la poussa doucement vers la porte, qui se referma sur elle.

– Le Seigneur a eu pitié de toi : ton mari s'est échappé de la terre de servitude. Il est avec des amis qui l'amèneront ici ce soir.

– Ce soir ! balbutia Élisa, ce soir !

Mais les mots n'avaient plus de sens. Son esprit n'était que trouble et confusion : tout se perdait dans un brouillard.

Quand elle rouvrit les yeux, elle était dans un bon lit, bien couchée, bien couverte. Elle vit s'ouvrir la porte qui communiquait avec la cuisine, elle vit la table mise pour le souper, avec sa nappe blanche. Un doux murmure de causeries, un petit cliquetis de cuillères, le bruit harmonieux des tasses et des soucoupes, tout se fondit en une rêverie délicieuse, et Élisa dormit comme elle n'avait pas dormi depuis l'heure terrible où elle avait pris son enfant et s'était enfuie avec lui par une nuit étoilée et glaciale. Elle rêva d'un beau pays, d'une terre qui lui semblait le séjour du repos, de rives vertes, d'îles riantes, d'eaux qui scintillaient au soleil ; et là, dans une maison que de douces voix lui disaient être la sienne, elle voyait son enfant jouer, libre et heureux. Elle entendit le pas de son mari, elle le sentit approcher, il l'entourait de ses bras, les larmes inondaient son visage. Elle s'éveilla ! Ce n'était pas un rêve ! Le soleil était couché depuis longtemps. Son fils dormait à ses côtés et, à son chevet, son mari sanglotait.

Le lendemain, le jour se leva joyeux sur la maison des quakers. La mère, debout à l'aube, entourée d'actifs garçons et filles, tous obéissant aux affectueux appels de Rachel, s'affairait à la grande œuvre du déjeuner.

Lorsque Georges, Élisa et le petit Henri entrèrent, ils furent chaudement accueillis.

Enfin, on se mit à déjeuner. Pour la première fois, Georges s'asseyait, sur un pied d'égalité, à la table d'un Blanc. Il éprouva d'abord de la gêne, mais cette sensation se dissipa comme un brouillard sous l'influence de cette simple et cordiale hospitalité.

– J'espère, monsieur, qu'aucun danger ne vous menace à cause de nous, dit-il avec anxiété.

– Ne crains rien, Georges. Si nous n'acceptions quelque ennui pour servir une bonne cause, nous ne serions pas dignes de porter le nom d'amis. Ce soir, à dix heures, Phinéas Fletcher vous conduira, toi et ceux qui t'accompagnent. Les traqueurs te suivent de près : il ne faut pas tarder.

Le Mississippi! L'oblique lumière du soleil couchant frémissait sur toute la vaste étendue du fleuve semblable à une mer. Les roseaux frissonnants et les sombres et gigantesques cyprès, surchargés des guirlandes funèbres de noires mousses pendantes, s'empourpraient de ses rayons mourants, à mesure que le bateau à vapeur descendait lourdement la rivière. Empilées sur ses ponts, amarrées sur ses flancs, les énormes balles de coton qu'il transportait au marché voisin le faisaient ressembler, de loin, à un bloc carré et grisâtre.

À bord, s'agitait une foule bigarrée, parmi laquelle se trouvait Tom, retranché dans un coin, au sommet de ballots entassés. Grâce à la confiance inspirée par les recommandations de M. Shelby et, surtout, à son caractère doux et tranquille, Tom s'était peu à peu acquis la confiance de Haley lui-même. Il jouissait maintenant d'une sorte de liberté sur parole; il pouvait, sur le bateau, aller et venir à sa guise.

Toujours calme, toujours bienveillant, prompt, en toutes circonstances, à prêter la main aux ouvriers, aux matelots, il s'était fait aimer d'eux et passait, en grande partie, son temps à les aider d'aussi bon cœur qu'il avait travaillé naguère à la ferme du Kentucky.

Au nombre des passagers était un jeune gentleman qui habitait La Nouvelle-Orléans et portait le nom de Saint-Clare. Il avait avec lui sa fille, âgée de cinq à six ans, dont une dame de ses parentes prenait soin.

Toute sa petite personne était l'idéal de la beauté enfantine, sans ses formes joufflues et potelées. L'attrait de ce visage enchanteur résidait moins peut-être dans la régularité des traits que dans la singulière gravité d'une expression rêveuse et tendre. Toujours en mouvement, avec ses lèvres rosées entrouvertes par un demi-sourire, elle marchait comme sur le brouillard, se gazouillant sans cesse quelque chansonnette, comme plongée dans un rêve heureux.

Tom surveillait la petite créature avec un intérêt croissant. Pour lui, elle était presque un être divin.

Maintes et maintes fois, elle erra tristement autour du lieu où le troupeau de Haley, hommes et femmes, gisait enchaîné. Elle se glissait parmi eux, les regardait avec une douloureuse anxiété, soulevait de ses petites mains leurs lourdes chaînes, puis s'éloignait en soupirant. Peu après, elle revenait, chargée de sucre candi, de noix, d'oranges, qu'elle leur distribuait toute joyeuse avant de disparaître à nouveau.

Tom l'observa longtemps avant de courtiser ses bonnes grâces.

– Quel est le nom de la petite *mamoiselle*? dit-il quand il crut pouvoir hasarder la question.

– Évangeline Saint-Clare, répondit la petite, mais tout le monde m'appelle Éva. Et toi, comment te nomme-t-on?

– Mon nom est Tom. Mais j'étais toujours l'oncle Tom pour les petits enfants, là-bas, dans le Kentucky.

– Alors, pour moi aussi tu seras l'oncle Tom, parce que, vois-tu, je t'aime bien. Où vas-tu comme cela, oncle Tom?

– Je n'en sais rien, mademoiselle Éva. On va me vendre à quelqu'un. Je ne sais pas à qui.

– Papa peut t'acheter, dit vivement Éva. Alors tu auras du bon temps. Je vais tout de suite lui demander.

– Grand merci, ma petite dame, dit Tom.

Le bateau s'était arrêté pour faire du bois: Éva, entendant la voix de son père, bondit vers lui, et Tom s'empressa d'aller offrir ses services aux travailleurs.

Éva et son père, debout près de la galerie, regardaient s'éloigner le débarcadère. La roue avait déjà fait deux ou trois tours, lorsque, par un subit tressaillement du navire, la petite fille perdit l'équilibre et tomba dans l'eau. Son père, sachant à peine ce qu'il faisait, s'élançait après elle. Mais quelqu'un le retint: une aide plus efficace arrivait au secours de l'enfant.

Au moment de la chute, Tom se trouvait juste au-dessous, sur le pont inférieur. Il vit Éva frapper l'eau, disparaître, et la suivit en moins d'une seconde. Avec sa large poitrine et ses bras robustes, ce n'était qu'un jeu pour lui de se maintenir à flot jusqu'à ce que l'enfant reparût à la surface. Il la saisit alors et, nageant le long des flancs du bateau, la présenta toute ruisselante au millier de mains tendues pour la recevoir. Son père l'emporta évanouie dans la chambre des dames.

Le lendemain, au déclin du jour, par une accablante chaleur, le bateau arriva en vue de La Nouvelle-Orléans. Ce ne fut plus de tous côtés qu'agitation et préparatifs : chacun réunissait ses paquets avant de gagner le rivage, et les gens de service s'empressaient de tout parer, tout nettoyer, tout fourbir, afin de faire une entrée triomphale.

Sur l'arrière-pont, notre ami Tom, assis, les bras croisés, tournait de temps à autre un regard anxieux vers un groupe arrêté de l'autre côté du bateau.

Là se trouvait la blanche Évangeline, un peu plus pâle que la veille, mais sans autre trace de l'accident. Un jeune homme à la tournure distinguée, debout près d'elle, appuyait négligemment son coude sur une balle de coton et tenait un grand portefeuille ouvert. Il suffisait d'un coup d'œil pour reconnaître le père d'Éva : c'était le même port de tête noble et gracieux, les mêmes beaux yeux bleus, la même teinte de cheveux brun doré, mais la physionomie était tout autre. La bouche, finement dessinée, avait une expression orgueilleuse et un peu sardonique. Avec une insouciante bonne humeur et une expression moitié railleuse, moitié méprisante, il prêtait l'oreille aux amplifications de Haley qui vantait de son mieux l'article marchandé.

– Combien me faut-il payer cet exemplaire de toutes les vertus ?

– Eh ! répondit le marchand, en en demandant treize cents dollars, je ne ferais que rentrer dans mes frais, parole d'honneur ! Tenez, regardez seulement l'article : voyez-moi un peu ces membres ! C'est fort comme un cheval. Savez-vous qu'il régissait toute la ferme de son maître ! Une capacité prodigieuse pour les affaires, monsieur !

– Fâcheux, très fâcheux ! il en sait trop long, dit le jeune homme, sans se départir de son sourire railleur. Quand ils sont si habiles, vos drôles sont sujets à prendre la fuite, à dérober les chevaux : ils ont le diable au corps. Allons, deux cents dollars de moins, à cause de son intelligence.

– Achetez-le donc, papa ! Qu'importe ce qu'il coûte, murmura doucement Éva. Vous avez assez d'argent, et je veux l'avoir.

– Pourquoi, Minette? Veux-tu en faire un hochet? un cheval de bois? un pantin?

– Je veux le rendre heureux.

– Voilà une raison originale!

Le jeune homme qui, tout en parlant, avait fait un rouleau des billets, les tendit au marchand.

– Tenez! comptez vos dollars, vieux madré.

– Ça va! dit Haley, la face rayonnante.

Et, sortant de sa poche un vieil encrier de corne, il rédigea l'acte de vente, qu'il remit à Saint-Clare.

– Je serais curieux de savoir, dit ce dernier tout en parcourant le papier, ce que je pourrais valoir, moi, une fois convenablement détaillé et inventorié. Viens, Éva.

Et, prenant l'enfant par la main, il la conduisit de l'autre côté du bateau. Là, passant négligemment le doigt sous le menton du Noir, il dit d'un air de bonhomie:

– Lève les yeux, Tom, et vois si ton nouveau maître te plaît.

Tom le regarda. On ne pouvait contempler cette figure gaie, jeune, ouverte, charmante, sans un sentiment de plaisir, et les larmes jaillirent presque des yeux de Tom lorsqu'il dit du fond du cœur:

– Dieu vous bénisse, maître!

– J'espère bien qu'il me bénira! Sais-tu conduire, Tom?

– J'ai toujours eu soin des chevaux. Maître Shelby en élevait des quantités.

– Eh bien, je pense que je ferai de toi un cocher, à condition que tu ne te grises qu'une fois par semaine, sauf cas d'urgence.

Tom eut l'air surpris, un peu blessé, et répondit :

– Je ne bois jamais, maître.

– Vieille histoire connue, Tom. Enfin, nous verrons. Si tu dis vrai, tu compteras comme une acquisition capitale. Allons, ne te chagrine pas, mon garçon, poursuivit-il d'un air de bonne humeur en remarquant la figure allongée de Tom, je suis sûr que tu feras de ton mieux.

– C'est sûr et certain, maître.

– Et tu auras du bon temps, ajouta Éva. Papa est très bon pour tous, seulement il aime bien se moquer.

– Papa te rend grâces de l'éloge, dit en riant Saint-Clare en pivotant sur les talons pour s'éloigner avec l'enfant.

D'UN NOUVEAU MAÎTRE ET DE SON ENTOURAGE

La famille d'Augustin Saint-Clare, établie dans la Louisiane, était originaire du Canada. La mère d'Augustin descendait des premiers colons français qui avaient traversé l'Atlantique. Elle n'avait eu que deux fils : Augustin, le dernier, avait hérité de l'extrême délicatesse de constitution de sa mère, et, sur ordre des médecins, avait été envoyé tout jeune à la ferme de son oncle, afin de fortifier son tempérament à l'air vivifiant du Nord.

Ses talents distingués, en le portant vers les études littéraires et philosophiques, l'éloignaient des affaires et à peine terminait-il son éducation qu'il fut absorbé par une passion profonde. Son heure, celle qui ne sonne qu'une fois, avait sonné ; son étoile, celle qui si souvent n'éclaire que des rêves, avait paru à l'horizon ; bref, Augustin aima, fut aimé, se fiança à une charmante fille des États du Nord, et partit pour hâter les préparatifs du mariage.

Il n'était arrivé que depuis peu dans le Sud lorsqu'il y reçut un paquet contenant toutes ses lettres d'amour. Elles lui étaient renvoyées avec un mot du tuteur de sa fiancée, qui le prévenait qu'elle avait fait un autre choix et serait mariée au moment où il recevrait ce courrier. Frappé au cœur, mais trop fier pour demander une explication ou faire entendre une plainte, Augustin avait essayé, dans un effort désespéré, d'arracher la flèche qui lui perçait le cœur. Lancé dans le tourbillon du monde, il avait fait la cour à une jeune beauté à la mode et était devenu l'époux d'un beau visage, de deux brillants yeux noirs et d'une dot de cent mille dollars.

Dans un roman, les cœurs se brisent, les gens meurent, et tout est dit. Il n'en va pas de même dans la vie réelle : quand tout ce qui la faisait aimer a disparu, elle vous demeure. Boire, manger, s'habiller, marcher, faire des visites, acheter, vendre, lire, parler, cette part de l'existence restait à Augustin. Si son épouse avait vraiment été une femme, elle aurait pu renouer les fils rompus de la vie et refaire la trame du bonheur. Mais Marie Saint-Clare se doutait-elle seulement qu'il y eût des fils brisés ? On le sait : ce n'était qu'un beau visage, deux yeux superbes, cent mille dollars, et tous ces avantages n'offrent rien qui puisse soulager un cœur désespéré.

Augustin s'était applaudi du peu de clairvoyance de celle qu'il avait épousée, mais il avait pu observer, à mesure que le vernis des premiers jours de noces s'effaçait, une métamorphose d'ailleurs assez commune. La jeune beauté admirée, adulée, servie dès l'enfance, était devenue, dans la vie domestique, une maîtresse dure et impérieuse.

Entourée dès le berceau de serviteurs occupés à prévenir ses caprices, fille unique d'un père opulent qui ne lui refusait rien, jamais l'idée d'un sentiment, d'un droit chez autrui, pas plus que d'un devoir chez elle, n'avait effleuré son esprit. Il y avait eu des pleurs, des bouderies, des accès de colère, force humeurs, caprices, plaintes, reproches. Le naturel aimable et conciliant de Saint-Clare lui avait tout d'abord fait acheter la paix par des présents et des flatteries, puis, quand Marie lui avait donné une charmante petite fille, il avait senti se réveiller en lui des éclairs de tendresse. Mais cette tendresse paternelle, remarquée par Mme Saint-Clare, éveilla toutes ses jalouses susceptibilités. Il semblait que l'affection prodiguée à sa fille fût un vol fait à elle-même. Dès lors, sa santé avait commencé à s'altérer. Une constante inaction de corps et d'âme, le travail rongeur de l'ennui et d'une humeur acariâtre, avaient changé en quelques années la florissante et belle jeune fille en une femme jaune, languissante, flétrie, dont une variété de maux imaginaires consumait la vie, et qui se considérait comme la plus souffrante et la plus malheureuse des créatures humaines.

Il n'y avait ni fin ni trêve à ses doléances : la migraine, entre autres, la confinait dans sa chambre trois jours sur six ; la direction du ménage retombait entièrement sur les domestiques, et Saint-Clare n'avait nulle raison de trouver son intérieur agréable. Sa fille unique était fort délicate : on pouvait craindre que sa santé, sa vie peut-être, fussent sacrifiées à l'indifférence de la mère. Augustin avait donc emmené la petite Évangeline en voyage dans le Vermont, où il avait de la famille, et était parvenu à persuader sa cousine, miss Ophélia Saint-Clare, de venir s'établir près d'eux dans leur résidence du Sud. Il l'y conduisait, lorsque nous les avons rencontrés sur le bateau.

Bien qu'elle fût l'aînée d'une nombreuse lignée, Ophélia, aux yeux des siens, n'était toujours qu'une « enfant ». L'idée de l'envoyer à La Nouvelle-Orléans avait paru prodigieuse à tous. Voyez maintenant, dans le bateau à vapeur, la voilà ! miss Ophélia en personne, revêtue de son habit de voyage neuf, grande, raide, avec sa charpente osseuse, ses contours anguleux, son visage effilé, ses lèvres minces, comprimées par l'habitude de prendre en toute occasion un parti décisif, ses yeux noirs et perçants. Ses mouvements sont vifs, secs, énergiques. Assez taciturne, elle dit cependant tout ce qu'elle veut dire, et ses mots vont droit au but. Elle est l'incarnation de l'ordre, de la méthode, de l'exactitude.

À ses yeux, le péché des péchés, l'essence de tous les maux, se résume en un mot : *désordre*, et ce mot revient souvent. Tout son mépris se condense dans l'emphase avec laquelle elle le prononce. Miss Ophélia est l'aveugle esclave du devoir. Dès qu'elle soupçonne que le *sentier du devoir*, c'est son expression favorite, court dans une direction, elle s'y élance, et ni l'eau ni le feu ne l'en feraient dévier.

Mais qui a pu associer des éléments aussi hétérogènes que miss Ophélia et Augustin Saint-Clare ? S'il faut le dire, c'est presque l'amour maternel. Jadis, c'est auprès d'Ophélia que le petit garçon apprenait son catéchisme ; elle a raccommodé ses habits, peigné ses cheveux, soigné les maux de son enfance. Augustin a depuis longtemps accaparé la plus grande part des affections d'un cœur qui est loin d'être froid ; il n'a donc pas eu grand mal à persuader miss Ophélia que le « sentier du devoir » conduisait droit à La Nouvelle-Orléans, où elle devait venir prendre soin d'Éva et sauver d'une ruine complète sa maison désorganisée par l'état maladif de sa femme.

La voiture s'est arrêtée devant un antique hôtel d'une architecture bizarre, mélange de style espagnol et de style français. Le corps de logis enferme une vaste cour dans le genre mauresque, où la voiture pénètre en franchissant un portail cintré. L'intérieur est d'un goût élégant et voluptueux : de larges galeries courent tout autour, et les minces et légers arceaux, les grêles pilastres, les ornements, les arabesques reportent l'imagination vers le règne des Orientaux en Espagne, vers l'Alhambra et les Abencerrages. Au milieu de la cour, les eaux jaillissantes d'une fontaine retombent en écume dans un bassin de marbre blanc qu'entoure une épaisse bordure d'odorantes violettes.

Saint-Clare se tourne vers Tom, qui, tout pétrifié d'admiration, promène partout des regards ravis. Il lui dit :

– Tom, mon garçon, il me semble que cela te va ?

– Oh, maître ! c'est un vrai paradis !

Ces paroles s'échangeaient tandis que les malles étaient déposées et qu'une cohue de gens de tous âges, tailles et couleurs – hommes, femmes, enfants –, accouraient par les galeries pour voir arriver le maître. En tête de la foule, un jeune mulâtre, personnage important vêtu à la dernière mode, agitait un mouchoir de batiste parfumé et s'efforçait avec zèle de faire reculer la troupe.

– Arrière, vous autres, arrière ! criait-il d'un ton d'autorité. J'ai honte pour vous ! Oseriez-vous importuner le maître dès son retour et le gêner dans ses épanchements de famille !

À cet élégant discours, prononcé d'un grand air, tous se retirèrent, confus, et restèrent à distance respectueuse.

M. Adolphe, parvenu à demeurer seul en vue, lui, son gilet de satin, sa chaîne d'or et son pantalon blanc, salua, avec une grâce exquise, dès que Saint-Clare se retourna.

– Adolphe, comment vas-tu, mon garçon ? dit le maître en lui tendant la main.

Le mulâtre se hâta de débiter, avec un grand flux de paroles, l'improvisation qu'il préparait depuis trois semaines.

– C'est bon ! dit Saint-Clare de son air habituel d'insouciante raillerie. Fort bien récité, Adolphe. Veille à ce que les bagages soient mis en place, je reviendrai tout à l'heure voir nos gens.

Tout en parlant, il conduisait miss Ophélia au salon. Quant à Éva, elle avait pris son envol jusqu'au petit boudoir qui donnait sur la véranda. Là, une grande femme jaune, aux yeux noirs, était étendue sur un lit de repos ; en apercevant la petite fille, elle se souleva.

– Maman ! cria Éva en se jetant à son cou.

– Assez, assez ! Prenez donc garde, enfant ! Vous m'ébranlez toute la tête ! dit sa mère en effleurant languissamment le front d'Éva.

Saint-Clare entra. Il embrassa sa femme conformément à l'orthodoxie conjugale et lui présenta sa cousine, qu'elle accueillit avec une politesse languide teintée d'un soupçon de curiosité.

Dans la troupe des serviteurs amassée à la porte se poussait en avant, toute tremblante d'espérance et de joie, une mulâtresse entre deux âges.

– Ah, te voilà, Mammy !

Et, volant à elle, Éva s'élança dans ses bras et l'étreignit de toutes ses forces.

La femme ne se plaignit point de sa tête, loin de là. Elle souleva de terre l'enfant qu'elle avait nourrie, la mangea de caresses, et, folle de joie, finit par fondre en larmes. À peine remise sur le sol, Éva courut d'un esclave à l'autre, distribuant serrements de main et embrassades, avec une prodigalité qui, au dire de miss Ophélia, lui tournait sur le cœur.

– Vous autres, gens du Sud, vous faites des choses auxquelles, moi, je ne saurais me résoudre.

– Quelles choses, je vous prie? demanda Saint-Clare.

– Je suis bonne avec tout le monde et ne voudrais humilier personne, mais, quant à embrasser...

– Ah, des Nègres! Vous n'y êtes pas habituée, je vois.

– Non, vraiment. Comment Éva peut-elle... ?

Saint-Clare sourit et entra dans le vestibule en appelant:

– Holà! Ici, tous tant que vous êtes! que je paie ma bienvenue! Mammy, Jemmy, Polly, Sukey, est-on content de revoir son maître? disait-il, passant de l'un à l'autre, en échangeant des poignées de main.

Une averse d'éclats de rire joyeux et de bénédictions accueillirent les petites pièces d'argent qu'il distribuait à la ronde.

Saint-Clare s'en retournait lorsque ses yeux tombèrent sur Tom, qui, tout décontenancé, se dandinait d'un pied sur l'autre, sous les regards d'Adolphe. Ce dernier, appuyé contre la balustrade, le lorgnait avec l'impertinence d'un dandy.

– Eh bien! dit le maître, est-ce ainsi qu'on accueille un camarade? Je vais présenter Tom à sa maîtresse, après quoi tu le conduiras à l'office, et ne t'avise pas de prendre de grands airs avec lui. Il vaut deux fois un freluquet de ton espèce.

– Le maître a toujours le mot pour plaisanter, répliqua Adolphe en riant.

– Viens, Tom! dit Saint-Clare.

Et il le fit entrer dans la pièce.

– Regardez, Marie, dit-il à sa femme, je vous ai enfin acheté un cocher en règle. C'est, vous dis-je, un véritable cocher de corbillard, pour la noirceur et la sobriété. Si cela vous agrée, il vous mènera comme un enterrement. Allons, ouvrez les yeux, examinez-le et ne dites plus que, dès que j'ai le dos tourné, je cesse de penser à vous.

Sans bouger, Marie leva les yeux vers Tom.

– Je suis sûre qu'il se grisera, dit-elle.

– Non, il est garanti pieux et sobre. Adolphe, fais descendre Tom, et rappelle-toi ce que je viens de te dire.

Adolphe marcha devant d'un pas leste, et Tom le suivit d'un pas lourd.

LA MAÎTRESSE DE TOM ET SES OPINIONS

– Aujourd'hui, Marie, votre âge d'or commence, dit Saint-Clare. Notre cousine va décharger vos épaules du lourd fardeau des soins domestiques, vous donner le temps de vous reposer, et de redevenir belle et jeune à loisir. Plus vite se fera la cérémonie de la remise des clefs, mieux cela vaudra.

Ceci se passait pendant le déjeuner, peu de jours après l'arrivée de miss Ophélia.

– Elle est la bienvenue, répondit Marie en laissant avec nonchalance tomber sa tête sur sa main. Elle s'apercevra bien vite que les véritables esclaves ici, ce sont les maîtresses.

– Certainement, elle découvrira cela, et de tout un monde d'autres vérités salutaires du même acabit.

– On nous reproche d'avoir des esclaves, comme si c'était pour notre bien-être ! S'il ne s'agissait que de notre bien-être, nous les renverrions tous d'un coup.

Évangeline fixa sur sa mère ses grands yeux sérieux et dit simplement :

– Dans ce cas, pourquoi les gardez-vous, maman ?

– Je n'en sais rien ; sans doute comme pénitence, car ils sont la croix de mon existence, l'unique et véritable cause de tous mes maux. Ce sont les pires esclaves dont personne ait jamais été affligé.

– Marie, vous avez vos vapeurs, ce matin, dit Saint-Clare. Vous savez que c'est faux. Tenez, Mammy, n'est-elle pas la meilleure des créatures ? Que deviendriez-vous sans elle ?

– Mammy est la meilleure que j'aie rencontrée, et pourtant Mammy elle-même devient égoïste, atrocement égoïste : c'est le défaut de la race. N'est-ce pas égoïste de sa part de dormir si profondément, quand elle sait que, presque à toute heure de la nuit, j'ai besoin de petites attentions ? Elle est si difficile à réveiller pendant mes plus grandes souffrances ! Je suis plus mal ce matin, à cause des efforts que j'ai faits pour l'appeler.

– N'est-elle pas restée debout plusieurs nuits de suite ? demanda Éva.

– Qu'en savez-vous ? répondit aigrement Marie. Elle a dû se plaindre, j'imagine ?

– Non, elle m'a seulement parlé de tant de mauvaises nuits que vous aviez eues.

– Pourquoi ne prendriez-vous pas Jane ou Rosa une nuit ou deux, pour la laisser reposer ? interrompit Saint-Clare.

– Vous êtes fou, mon ami, de me faire pareille proposition ! Nerveuse comme je suis, le moindre souffle me tue, et une main étrangère me rendrait frénétique. Si Mammy avait pour moi l'attachement qu'elle devrait avoir, elle s'éveillerait au moindre bruit; c'est son devoir. J'ai entendu parler de gens qui possédaient des serviteurs dévoués, tel n'a jamais été mon lot...

Miss Ophélia avait écouté cette conversation d'un air grave et observateur. À cet instant, elle pinça les lèvres, comme une personne décidée à bien reconnaître le terrain avant de s'y risquer.

– Mammy a bien une sorte de bonté, continua Marie. Elle est douce, respectueuse, mais, au fond, égoïste. Le souvenir de son mari la troublera toujours.

– A-t-elle des enfants? demanda miss Ophélia.

– Oui, elle en a deux.

– Il doit lui être pénible d'en être séparée.

– Je ne pouvais pas les prendre. Ce sont de dégoûtantes petites créatures! D'ailleurs, ils lui prenaient beaucoup trop de temps. Mais je soupçonne que Mammy m'en a toujours gardé une sorte de rancune. Elle n'a pas voulu se remarier; et, quoiqu'elle sache à quel point elle m'est nécessaire, et combien je suis faible, je crois qu'elle irait rejoindre son mari dès demain, si elle le pouvait. Les meilleurs d'entre eux sont devenus si égoïstes de nos jours!

– C'est un désolant sujet de méditation, répliqua sèchement Saint-Clare.

Miss Ophélia lui jeta un coup d'œil: elle vit

sur son visage une légère rougeur de honte, et l'expression de dédain et d'ironie qui comprimait ses lèvres.

– J'ai toujours traité Mammy en enfant gâtée, reprit Marie. Elle n'a été fouettée qu'une fois ou deux dans toute sa vie. J'ai à ce sujet des principes arrêtés, dit-elle en se tournant du côté de miss Ophélia ; vous en reconnaîtrez la nécessité. Si vous laissez les domestiques se lamenter à chaque léger ennui ou à chaque petit malaise, vous serez bientôt assourdie. Je ne me plains jamais, moi. Personne ne se doute de ce que j'endure : je sens que c'est un devoir de le supporter en silence, et je le fais.

À cette péroraison, les yeux ronds de miss Ophélia exprimèrent un ébahissement qui parut si comique à Saint-Clare qu'il éclata de rire.

– Saint-Clare rit toujours quand je fais la plus petite allusion à mes maux, dit Marie avec la voix d'un martyr à l'agonie. Dieu veuille qu'il ne s'en souvienne pas un jour avec amertume !

Et Marie porta son mouchoir à ses yeux. Il y eut un silence embarrassant. À la fin, Saint-Clare se leva, regarda sa montre, dit qu'il avait un rendez-vous et sortit. Éva se glissa derrière lui. Miss Ophélia et Marie restèrent seules à table.

– C'est bien de Saint-Clare ! dit celle-ci en retirant son mouchoir avec dépit dès que le criminel fut hors d'atteinte. Jamais il ne pourra, jamais il ne voudra comprendre ce que je souffre, et cela depuis des années ! Si j'étais une de ces femmes douillettes, faisant grand bruit de leurs maux, ce serait excusable. Une femme qui se plaint fatigue naturellement les hommes. Mais j'ai tout gardé pour moi et souffert en silence, si bien que Saint-Clare a fini par croire que je pouvais tout supporter.

Miss Ophélia ne savait pas au juste quelle réponse on attendait d'elle. Tandis qu'elle y réfléchissait, Marie sécha peu à peu ses larmes et remit en ordre sa toilette, avec la coquetterie d'une colombe qui lisse son plumage après une ondée.

– Encore un mot sur Éva : elle a grand besoin d'être surveillée. Éva a toujours aimé la compagnie des esclaves. Elle traite d'égal à égal avec toutes les créatures qui l'approchent. Ce n'est pas la voie qu'on doit suivre avec les esclaves : il faut les mettre à leur place et les y maintenir. Il n'y a pas, dans la tête de cette enfant, la moindre idée de ce qu'est un esclave.

– Mais, s'écria impétueusement miss Ophélia, vous admettez, je pense, que vos esclaves sont des créatures humaines et doivent avoir besoin de repos quand ils sont épuisés ?

– Certainement, c'est justice. Je suis très attentive à ce qu'ils aient ce qui leur faut, pourvu que cela n'aille pas jusqu'à l'abus. Traiter les esclaves comme des fleurs exotiques ou des vases de Chine, c'est vraiment ridicule !

Marie s'arrêta pour se plonger dans les molles profondeurs d'un énorme coussin et attirer à elle un élégant flacon de cristal taillé.

– Vous le voyez, cousine Ophélia, poursuivit-elle d'une voix languissante et douce, je parle rarement de moi. Ce n'est ni dans mes goûts, ni dans mes habitudes : à dire vrai, je n'en ai pas la force. Mais il y a des points sur lesquels je diffère de Saint-Clare. Il ne m'a jamais comprise, jamais appréciée, et c'est même là, je crois, la source de tous mes maux. J'apportais, en l'épousant, ma dot et mes esclaves, et la loi m'autorisait à les conduire à ma guise. Il a quelques idées saugrenues, extravagantes, sur certains chapitres, entre autres sur le traitement des esclaves. Il les fait presque passer avant moi, et même avant lui. Il leur laisse tout faire sans jamais lever le doigt. Saint-Clare ne les battrait pas, quand bien même ils le fouleraient aux pieds ! Jugez si on peut, sans cruauté, m'infliger pareille fatigue ! Vous le savez, les esclaves ne sont que de grands enfants.

– Je n'en sais rien et remercie Dieu de l'ignorer, répondit brièvement miss Ophélia.

– Vous l'apprendrez, et à vos dépens, si vous restez ici. Vous ne vous doutez pas de ce qu'est ce troupeau de méchantes, paresseuses et ingrates créatures !

Ce sujet, quand elle l'abordait, semblait toujours merveilleusement ranimer Marie : ses yeux s'ouvraient, sa langueur s'envolait.

– Ne croyez-vous pas que Dieu les a faits du même sang que nous ? demanda sèchement miss Ophélia.

– Non, vraiment, non, je ne le crois pas ! Belle fable, en vérité ! C'est une race inférieure !

– Ne leur accordez-vous pas des âmes immortelles ? s'écria miss Ophélia avec une indignation croissante.

– Oui, répondit Marie en bâillant, c'est avéré : personne ne le conteste. Mais en faire nos égaux, les comparer à nous en quoi que ce soit, c'est impossible ! Saint-Clare m'a parlé de la séparation de Mammy d'avec son mari, comme il m'aurait parlé de ma séparation d'avec mon mari, à moi ! Il n'y a aucun parallèle à établir. Mammy ne peut sentir ce que j'aurais ressenti. Ce sont des choses bien différentes, n'est-il pas vrai ? Eh bien, Saint-Clare assure ne pas le comprendre. Comme si, par exemple, Mammy pouvait aimer ses sales petits diablotins noirs comme j'aime Éva ! Croiriez-vous que Saint-Clare a essayé de me persuader qu'il était de mon devoir, malgré ma faible santé et ce que je souffre, de renvoyer Mammy à ses enfants et à son mari, et de prendre une autre à sa place ? C'était un peu trop fort… même pour moi ! Vous voilà au courant de ce que vous avez à diriger : une maison sans règles, où les serviteurs ont ce qui leur plaît, font ce qui leur plaît, à l'exception de ce que, malgré ma pauvre santé, j'ai pu sauvegarder d'autorité. Je prends mon nerf de bœuf et leur en applique parfois quelques coups, mais c'est un exercice beaucoup trop fatigant pour moi. Si seulement Saint-Clare consentait à faire comme les autres !

– Et que font-ils ?

– Ils les envoient à la Calebousse, ou ailleurs, pour qu'on les fouette. C'est l'unique moyen. Si je n'étais pas une pauvre femme souffreteuse, je crois que je les gouvernerais avec deux fois l'énergie de Saint-Clare…

À cette époque, la situation de Tom n'était pas, comme on dit, celle d'un homme à plaindre. La petite Éva avait prié son père de l'attacher à son service personnel, pour l'escorter dans ses promenades à pied ou à cheval. Tom avait donc reçu l'ordre formel de tout quitter pour se mettre à la disposition de miss Éva, ordre qui, comme nos lecteurs l'imaginent, fut loin de lui déplaire. Sa mise était soignée, Saint-Clare étant, sur ce chapitre, scrupuleux jusqu'à la minutie. Son service d'écurie, une vraie sinécure, consistait simplement à inspecter et diriger tous les jours un palefrenier. Marie Saint-Clare avait déclaré qu'elle ne supporterait pas de sentir sur lui l'odeur des chevaux; en conséquence, il ne devait être employé à aucun service qui fût un désagrément à sa maîtresse. Le système nerveux de cette dernière ne tolérerait pas pareille épreuve. La moindre odeur nauséabonde, disait-elle, pouvait la tuer et mettre un terme brutal à tous ses tourments terrestres. Tom, avec son ample habit, son chapeau bien brossé, ses bottes luisantes, son col et ses manchettes d'un blanc irréprochable, sa grave et bonne figure noire, paraissait digne d'être évêque de Carthage, comme le furent en d'autres temps des hommes de sa couleur.

LA DÉFENSE D'UN HOMME LIBRE

L'après-midi touchait à sa fin, et il y avait un peu d'agitation dans la maison des quakers. Rachel Halliday allait et venait posément, choisissant parmi ses provisions de ménage ce qui tiendrait le moins de place dans le bagage des voyageurs. Georges était assis, son enfant sur ses genoux, la main de sa femme dans la sienne. Des voix se firent entendre dans la pièce voisine. On parlait avec vivacité. Peu après, on frappa à la porte, Élisa ouvrit.

Siméon Halliday était là, accompagné d'un confrère quaker, qu'il annonça sous le nom de Phinéas Fletcher. Phinéas était grand, efflanqué, roux; sa physionomie exprimait beaucoup de perspicacité et de ruse.

– Notre ami Phinéas, dit Siméon, a découvert quelque chose d'important pour toi et les tiens, Georges; il est bon que tu l'entendes.

– En effet, reprit Phinéas, la nuit dernière, je me suis arrêté dans une petite auberge isolée. Après souper, je me suis étendu sur un tas de sacs dans un coin, en attendant que mon lit soit prêt. Et je me suis endormi comme une souche. En me réveillant, j'ai vu des hommes assis autour d'une table, qui buvaient et causaient. Je me suis dit qu'avant de bouger, je ferais bien de savoir un peu ce qui les amenait là, d'autant qu'ils avaient marmotté quelque chose sur les quakers. « C'est sûr, a dit l'un, ils sont dans la colonie. » J'ai compris qu'ils parlaient de vous autres. J'ai entendu tous leurs plans. Le jeune homme doit être renvoyé dans le Kentucky, à son maître qui veut en faire un exemple pour dégoûter les Nègres de s'enfuir. Deux d'entre eux doivent s'emparer de la femme et aller la vendre pour leur compte à La Nouvelle-Orléans; ils pensent en tirer entre seize et dix-huit cents dollars. Quant au petit, il doit revenir au marchand qui l'a acheté. Restent Jim et sa vieille mère, qu'on rendra tous deux à leur maître. Ils ont dit aussi que deux sergents de ville viendraient avec eux arrêter les fugitifs. La jeune femme sera menée devant un juge: l'un des drôles jurera qu'elle lui appartient. Ils savent le chemin que nous allons suivre cette nuit et ils seront sept ou huit à notre poursuite. Voilà. À présent, que fait-on ?

Le groupe resta pétrifié.

– Georges, qu'allons-nous faire ? demanda Élisa d'une voix faible.

– Je sais ce que *moi*, j'ai à faire, lui répondit son mari et, rentrant dans la petite chambre, il examina ses pistolets. Mais je ne veux compromettre personne. Si vous voulez seulement me prêter votre chariot et m'indiquer la route, je le conduirai. Jim est d'une force de géant, intrépide comme la mort et le désespoir, et moi, je suis résolu.

– Ami, reprit Phinéas, tu n'en auras pas moins besoin d'un guide.

– Phinéas est sage et habile, dit Siméon. Tu feras bien de l'écouter ; et posant affectueusement sa main sur l'épaule du fugitif, il désigna du doigt les pistolets. Ne sois pas trop prompt avec ceux-ci ! La jeunesse a parfois le sang chaud.

– Je n'attaquerai pas, dit Georges, tout ce que je demande à ce pays c'est de me laisser partir en paix. J'ai eu une sœur vendue au marché de La Nouvelle-Orléans. Je sais pourquoi on les vend et ce qu'en font ceux qui les achètent. Et je me laisserais enlever ma femme, je la laisserais vendre, quand Dieu m'a donné pour la défendre deux bras robustes ! Non, je combattrai jusqu'à mon dernier souffle, avant de laisser prendre ma femme et mon fils. N'en feriez-vous pas autant à ma place ?

– Dieu m'épargne cette tentation! dit Siméon. La chair est faible.

– Je crois que ma chair serait assez forte en pareil cas, reprit Phinéas en déployant deux bras pareils à deux ailes de moulin.

– On voit bien que tu n'es pas né parmi les quakers, reprit Siméon en souriant.

À dire vrai, Phinéas avait été longtemps un hardi pionnier, un intrépide chasseur, un excellent tireur de daim, mais, devenu amoureux d'une jolie quakeresse, il s'était laissé entraîner par ses charmes à faire partie de la communauté et, bien qu'il en fût un membre honnête, sobre et serviable, les plus fervents d'entre eux ne lui trouvaient pas assez d'onction, du moins dans le discours.

– Il ne serait pas sûr de se mettre en route avant la nuit, reprit Phinéas. Je crois que nous pourrons nous y risquer dans deux heures. Je vais aller trouver l'ami Michael Cross et lui demander de nous suivre à cheval pour nous avertir de l'approche de l'ennemi. Il nous rejoindra en un éclair s'il y a danger. En passant, je vais dire à Jim et à sa vieille mère de se tenir prêts. Courage, ami Georges, ce n'est pas le premier guêpier d'où je me serais tiré avec des compagnons de ta race !

Phinéas sortit et ferma la porte.

– Phinéas est adroit, dit Siméon. Il fera pour toi ce qu'il y a de mieux à faire, Georges.

– La seule chose qui me chagrine, répliqua le jeune homme, ce sont les risques que je vous fais courir.

– Tu vas nous faire le plaisir, ami Georges, de ne plus en parler. Ce que nous faisons est affaire de conscience. Nous ne pouvons pas agir autrement. Et toi, mère, dit-il en se tournant vers Rachel, hâte tes préparatifs : il ne faut pas laisser partir nos amis à jeun.

Un grand chariot couvert s'arrêta bientôt devant la porte. La nuit était claire, et les étoiles brillaient dans le ciel. Georges sortit de la maison, donnant le bras à sa femme d'un côté, et portant son fils de l'autre. Il marchait d'un pas ferme ; son visage était calme et résolu. Rachel et Siméon le suivaient.

– Sortez un moment, vous autres, dit Phinéas à ceux qui se trouvaient déjà dans la voiture, que j'arrange la banquette de derrière pour les femmes et l'enfant.

Jim s'élança le premier hors du chariot et en fit descendre sa vieille mère, qui, cramponnée à son bras, regardait avec anxiété autour d'elle, comme si elle s'attendait à tout moment à voir quelque traqueur se glisser dans l'ombre.

– Jim, tes pistolets sont-ils prêts ? demanda Georges à voix basse.

– Oui, fin prêts, répliqua Jim.

– Tu sais ce que tu as à faire, s'ils nous attaquent ? Tu n'hésiteras pas ?

– Hésiter ? Me crois-tu disposé à leur rendre ma mère ?

Pendant que les deux hommes échangeaient ces quelques mots, Élisa prit congé de Rachel. Siméon l'aida à monter en voiture et, se faufilant dans le fond avec son fils, elle s'assit sur des peaux de buffle. La mère de Jim monta ensuite. Georges et Jim prirent place devant elles sur un banc grossier, et Phinéas grimpa sur le siège du conducteur.

– Adieu, amis ! leur cria Siméon du dehors.

– Dieu vous bénisse ! répondirent-ils tous de l'intérieur.

Et le chariot s'ébranla, sautant et cahotant sur la route glacée.

Le bruit des roues et l'inégalité du chemin interdisaient toute conversation. La voiture roula donc à travers de vastes espaces couverts de bois et d'immenses plaines arides et solitaires. Gravissant des collines, descendant des vallées, elle avançait cahin-caha, heure après heure.

Vers trois heures du matin, Georges distingua un rapide cliquetis de sabots qui venait derrière eux. Il poussa Phinéas du coude. Phinéas arrêta les chevaux pour tendre l'oreille.

– Ce doit être Michael, dit-il. Je reconnais le galop de sa bête.

Un cavalier apparut alors au sommet d'une colline.

Phinéas appela :

– Michael ! Holà ! quelles nouvelles ?

– Ils sont derrière moi ! Huit ou dix, échauffés d'eau-de-vie, jurant et écumant comme une meute de loups.

Il parlait encore, quand la brise apporta le son affaibli d'une troupe au galop.

Phinéas lança ses chevaux au galop. Michel les escortait. Le chariot roula, bondit, vola presque sur la terre durcie, mais le bruit des cavaliers qui arrivaient derrière se faisait de plus en plus distinct. Les femmes l'entendirent. Terrifiées, elles regardèrent dehors et virent sur une colline un groupe d'hommes se détacher sur le fond rouge du ciel que zébraient les premières lueurs de l'aube. Encore une colline, et les traqueurs aperçoivent le chariot : un brutal hurlement de triomphe parvient jusqu'aux fugitifs. L'ennemi gagne du terrain. La voiture tourne et s'arrête brusquement près d'un bloc de rochers escarpés, dont la masse solitaire et gigantesque s'élève au milieu d'un terrain plat et découvert. Cet amas rocheux semble offrir une retraite inviolable.

Phinéas le connaissait bien, pour l'avoir exploré maintes fois dans ses courses de chasseur, et c'était pour l'atteindre qu'il avait fouetté ses chevaux.

– Nous y voilà ! dit-il en sautant à bas de son siège. Sortez tous et grimpez là-haut avec moi ! Michael, attache ton cheval au chariot et pousse jusque chez Amariah. Dis-lui de venir nous prêter main-forte avec ses garçons.

En un clin d'œil, tout le monde fut descendu de voiture.

– Par ici, dit Phinéas en s'emparant du petit Henri. Vous autres, veillez sur les femmes et *courez* !

Phinéas marchait le premier, gravissant le rocher comme une chèvre, l'enfant toujours dans ses bras. Jim venait après, portant sur ses épaules sa vieille mère tremblante, Georges et Élisa formaient l'arrière-garde.

La troupe des cavaliers, jurant et criant, mit pied à terre et se prépara à les suivre.

De leur côté, les malheureux traqués avaient atteint le sommet des rochers. Là, le sentier formait un étroit défilé, où l'on ne pouvait passer qu'un à un. Tout à coup, ils arrivèrent à une crevasse large de plus d'un mètre qui séparait en deux la masse rocheuse. Phinéas la franchit d'un bond et déposa l'enfant sur un tapis de mousse.

– À vous ! cria-t-il. Sautez ! Il y va de votre vie !

L'un après l'autre, les fugitifs franchirent le précipice.

– Bien ! Nous sommes tous là ! dit Phinéas,

retranché derrière des fragments de granit, d'où il épiait les assaillants qui montaient en désordre. Personne n'arrivera ici sans passer d'abord seul dans le défilé, à portée de pistolet.

Le groupe, éclairé par les premières lueurs du jour, était maintenant nettement visible. Il se composait de Tom Loker, de Marks, de deux sergents et de quelques vagabonds enrôlés avec un verre d'eau-de-vie à la taverne pour prendre part au divertissement qui consiste à traquer des Nègres marrons.

– Tom, les voilà faits comme des rats, dit l'un d'eux.

– Oui, je les ai vus grimper là-haut, repartit Tom. Je suis d'avis de monter tout droit.

– Mais, Tom, ils peuvent tirer sur nous de derrière les rochers, reprit Marks.

– Penses-tu ! dit Loker, avec un ricanement ironique. N'y a pas de danger – les Nèg's sont trop poltrons pour ça.

À cet instant, Georges apparut au sommet du rocher et dit d'une voix sonore et posée :

– Messieurs, qui êtes-vous et que voulez-vous ?

– On veut une bande de Nèg's en fuite, répondit Loker. Georges Harris, Élisa Harris et leur fils, plus Jim Selden et une vieille. Nous avons ici des officiers de justice et un mandat pour les arrêter. Toi-même, n'es-tu pas Georges

Harris, appartenant à M. Harris, du comté de Shelby, dans le Kentucky?

– Je suis Georges Harris. Un M. Harris, du Kentucky, m'appelait son esclave. Mais maintenant je suis un homme libre, avec ma femme et mon enfant. Jim et sa mère sont avec nous. Nous avons des armes pour nous défendre et nous nous défendrons. Vous pouvez monter, si vous voulez, mais le premier qui arrive à portée de nos pistolets est un homme mort, tout comme le deuxième, le troisième et tous les autres, jusqu'au dernier.

– Allons, dit un gros homme essoufflé qui s'avança en se mouchant: ce n'est pas là une manière convenable de parler, jeune rebelle. Nous sommes officiers de justice, comme tu vois: nous avons de notre côté la loi, le pouvoir et tout le reste. Vous feriez donc mieux de vous rendre tout tranquillement, puisqu'il vous faudra en venir là tôt ou tard.

– Je sais que vous avez la loi et le pouvoir, répondit Georges avec amertume. Vous voulez prendre ma femme pour la vendre à La Nouvelle-Orléans, mon enfant pour le parquer comme un veau dans les étables d'un marchand d'esclaves, et la vieille mère de Jim pour la rendre à la bête féroce qui l'a insultée et fouettée par dépit de ne plus pouvoir maltraiter son fils. Vous voulez nous renvoyer, Jim et moi, au fouet, à la torture, pour être broyés sous les talons de ceux que vous appelez nos maîtres, et vos lois vous protègent. Honte à vos lois! Honte à vous! Vos lois, nous les renions! Votre pays n'est pas le nôtre. Nous sommes ici sous le ciel de Dieu, aussi libres que vous, et nous défendrons notre liberté jusqu'à la mort!

Georges se tenait debout, bien en vue au sommet du rocher, pour faire sa déclaration d'indépendance. L'attitude, l'œil, la voix, le geste réduisirent un moment au silence la troupe de Tom Loker. Il y a, dans l'intrépidité et le courage, quelque chose qui en impose même aux natures les plus grossières. Marks, seul, ne fut pas ému. Il arma résolument son arme et, profitant du silence qui suivit le discours de Georges, visa et tira.

– La prime à toucher dans le Kentucky est la même, qu'il soit mort ou vif, dit-il froidement en essuyant son pistolet sur la manche de son habit.

Georges fit un bond en arrière, Élisa poussa un cri. La balle avait effleuré les cheveux de son mari et frôlé sa joue avant de se loger dans un arbre.

– Tu ferais mieux de te mettre à l'abri au lieu pérorer, dit Phinéas. C'est de la vraie racaille.

– Jim, reprit Georges, tu vas surveiller le défilé avec moi. Je tire sur le premier qui se montre, toi sur le deuxième, et ainsi de suite. Il ne faut pas perdre deux balles pour un seul homme.

– Mais... si tu ne touches pas?

– Je toucherai, dit Georges froidement.

– Bien ! murmura Phinéas entre ses dents. Il y a de l'étoffe dans ce garçon.

Après le coup de feu de Marks, l'ennemi parut un instant indécis.

– Je crois que le coup a porté, dit l'un des hommes. J'ai entendu un cri.

– Moi, je monte tout droit, dit Tom. Je n'ai jamais eu peur de ces chiens de Nèg's, c'est pas aujourd'hui que je vais commencer. Qui me suit ?

Et il s'élança sur les rochers. L'un des plus courageux de la bande le suivit et, une fois l'impulsion donnée, tous se précipitèrent les uns derrière les autres. Bientôt, la forme massive de Loker apparut au bord de la crevasse.

Georges fit feu, mais, bien que blessé, Tom Loker ne recula pas et, poussant le mugissement d'un taureau furieux, il prit son élan et franchit l'espace béant.

– Ami, dit Phinéas en lui allongeant une rude poussée de ses longs bras, on n'a pas besoin de toi ici.

Et Tom Loker roula dans le précipice, dégringolant au milieu des souches, des buissons, des pierres détachées que son poids entraînait avec lui, et arriva en bas, meurtri et gémissant. La chute l'aurait tué, si elle n'avait été amortie par les branches d'un arbre qui accrochèrent ses habits au passage.

– Ce sont de vrais démons ! s'écria Marks, battant en retraite dans les rochers avec plus d'empressement qu'il n'en avait mis à monter.

Les autres descendaient en désordre après lui, en particulier le gros sergent, qui haletait et soufflait tant et plus.

– Vous autres, dit Marks, allez ramasser là-bas ce pauvre Tom, pendant que je vais chercher de l'aide !

Et, indifférent aux sarcasmes et aux huées de ses compagnons, Marks tint parole et s'éloigna au grand galop.

– Quelle vermine ! dit l'un des hommes. Nous amener ici pour faire ses affaires et détaler comme un lapin !

– Et il faudrait aller ramasser son camarade ? dit un autre. Le diable m'emporte si je me soucie qu'il soit vivant ou mort !

– Ma parole, je crois qu'ils le plantent là ! dit Phinéas.

C'était la vérité. Après quelques pourparlers, quelque apparence d'hésitation, tous remontèrent à cheval et partirent. Dès qu'ils furent hors de vue, Phinéas se mit en mouvement.

– Il faut descendre et marcher, dit-il. J'ai demandé à Michael de chercher de l'aide et de revenir avec le chariot, mais mieux vaut aller à sa rencontre.

Une fois arrivés en bas, ils aperçurent au loin

sur la route, le chariot et son escorte de cavaliers.

– Voici Michael, Stephen et Amariah ! s'écria joyeusement Phinéas. À présent, nous sommes en sûreté.

– Alors arrêtons-nous un peu, dit Élisa, et faisons quelque chose pour ce pauvre homme. Il gémit à faire pitié !

– Ce ne serait que faire notre devoir de chrétiens, dit Georges. Relevons-le et emmenons-le avec nous.

– Pour le donner à soigner aux quakers ? dit Phinéas. Ma foi, je n'ai rien contre. Voyons un peu où il en est...

Et Phinéas qui, dans sa vie de coureur des bois, avait acquis quelque expérience de chirurgie pratique, s'agenouilla près du blessé et l'examina attentivement.

– Marks, dit Tom d'une voix faible, c'est toi, Marks ?

– Non, répliqua Phinéas, Marks ne s'inquiète que de sa peau, et fort peu de la tienne. Il a décampé depuis longtemps.

– Je crois que mon affaire est faite. Le maudit chien de poltron, me laisser crever seul !

– Doucement ! Ne t'avise pas de grogner ni de mordre, dit Phinéas à Tom qui le repoussait de la main. Tu n'as aucune chance de t'en tirer si je n'arrête pas le sang.

Il entreprit aussitôt de faire des compresses et des bandages avec son mouchoir et le linge que ses compagnons purent lui fournir.

– C'est toi qui m'as poussé, dit Tom faiblement.

– Si je n'avais pris les devants, c'est toi qui nous expédiais en bas! répondit Phinéas. Là, laisse-moi fixer ce bandage. Nous te voulons du bien et ne te gardons pas rancune. Tu seras conduit dans une maison où tu seras supérieurement soigné, comme par ta propre mère.

Tom gémit et ferma les yeux.

À présent, les nouveaux venus les avaient rejoints. On ôta les banquettes du chariot. Des peaux de buffle furent étalées sur l'un des côtés, et quatre hommes y transportèrent à grand-peine la lourde masse de Tom. Dès qu'il fut dans la voiture, il s'évanouit. La vieille Négresse s'assit auprès et lui soutint la tête sur ses genoux. Élisa, Georges et Jim se casèrent comme ils purent dans la place restante, et on se mit en route.

– Que ferons-nous de ce pauvre diable? dit Georges.

– Nous allons le porter chez Amariah. La grand-mère de Stephen, Dorcas qu'on l'appelle, est une fameuse garde. Elle n'est jamais plus heureuse qu'avec un malade à soigner. D'ici une quinzaine, elle l'aura remis sur pied.

Au bout d'une heure de route, on atteignit

une belle ferme, où un copieux déjeuner attendait les voyageurs fatigués. Et Tom Loker fut déposé dans un lit plus propre et moelleux qu'aucun de ceux qu'il eût jamais occupés...

EXPÉRIENCES ET OPINIONS DE MISS OPHÉLIA

Saint-Clare, frappé par le bon sens dont Tom faisait preuve, s'en remit de plus en plus à lui, et finit par lui confier l'approvisionnement de la maison et la plupart des achats.

– Non, dit Saint-Clare, un jour qu'Adolphe se plaignait que le pouvoir passât en d'autres mains. Laisse faire Tom. Tu sais ce dont tu as envie, lui sait ce qu'il en coûte ; et nous pourrions fort bien voir la fin de notre argent, si quelqu'un n'y veillait de près.

Ce jeune maître, beau, spirituel, dissipé, inspirait à Tom un respect bizarrement mêlé d'inquiétude et de sollicitude paternelles. Qu'il ne lût jamais la Bible, qu'il n'allât jamais à l'église, qu'il plaisantât librement de tout ce qui s'offrait à son esprit, qu'il passât les soirées du dimanche à l'opéra ou au théâtre, qu'il fréquentât les clubs, les tavernes, et soupât plus souvent dehors qu'il n'était convenable – c'est ce que Tom remarquait, comme tout le monde. Il en avait conclu que « le maître n'était pas chrétien », mais se gardait bien de faire part à d'autres de cette réflexion. Seulement, il en faisait le sujet de maintes et maintes prières, le soir, dans sa chambre. Il lui arrivait aussi de dire sa façon de penser, mais toujours avec un certain tact : comme, par exemple, cette nuit où Saint-Clare, invité par de bons vivants à se joindre à eux, fut ramené chez lui, entre une et deux heures du matin, dans un état qui ne prouvait que trop la victoire des appétits physiques sur le moral. Tom et Adolphe aidèrent à le coucher ; ce dernier regardait la chose comme une excellente plaisanterie et riait du rustique effroi de Tom, assez simple pour passer le reste de la nuit debout, en prières, auprès de son maître.

– Eh bien, qu'attends-tu donc ? dit Saint-Clare, assis le lendemain dans la bibliothèque, en robe de chambre et en pantoufles, alors qu'il venait de donner à Tom de l'argent et l'ordre de faire quelques emplettes. Est-ce que tout n'est pas en règle ? ajouta-t-il en le voyant immobile à la même place.

– J'ai peur que non, maître, dit Tom d'un air grave.

Saint-Clare posa sur la table son journal et sa tasse de café, et regarda Tom.

– Eh bien, qu'y a-t-il ? Tu as l'air à peu près aussi souriant qu'un cercueil !

– C'est que je suis malheureux, maître. J'avais toujours cru le maître bon envers tout le monde.

– Est-ce que je ne l'ai pas été ? Voyons, Tom, que veux-tu ?

– Le maître a toujours été bon pour moi ; je n'ai pas sujet de me plaindre, mais il y a quelqu'un pour qui le maître n'est pas bon. Le maître n'est pas bon pour lui.

La voix de Tom se brisait, des larmes inondaient ses joues.

– Pauvre fou ! dit Saint-Clare, dont les yeux se mouillaient aussi. Je ne veux pas qu'on pleure sur moi !

Mais Tom le dévisageait d'un air suppliant.

– D'accord ! je ne serai plus de leurs maudites orgies, Tom. Je ne sais pourquoi je n'y ai pas renoncé plus tôt ; j'ai toujours méprisé ce genre de vie. Alors sèche tes yeux et va à tes affaires. Je te jure sur l'honneur que tu ne me reverras plus dans cet état.

Tom s'en alla, le cœur content, en s'essuyant les yeux.

– Et je tiendrai parole, dit Saint-Clare quand la porte se fut refermée.

Il le fit, car ce n'était pas vers un grossier sensualisme qu'inclinait sa nature délicate.

Mais qui dira les tribulations de miss Ophélia dans son rôle de maîtresse de maison ?

Le premier jour de sa régence, elle était debout à quatre heures du matin. Après avoir fait elle-même le ménage dans sa chambre, à la grande stupéfaction de la femme de chambre, elle se mit en devoir de livrer un vigoureux assaut aux armoires et aux cabinets dont elle avait les clefs.

L'office, la lingerie, le placard aux porcelaines, la cuisine, la cave, tout fut soumis à une sévère inspection.

La vieille Dinah, cuisinière en chef et, de droit, suzeraine en son département, était furieuse de voir ainsi usurper ses privilèges.

En une semaine, miss Ophélia parvint à réformer une grande partie de la maison, mais dès qu'il lui fallait la coopération des domestiques, ses efforts devenaient aussi vains que ceux de Sisyphe et des Danaïdes.

Un jour, en désespoir de cause, elle en appela à Saint-Clare :

– Il n'y a vraiment pas moyen d'obtenir ici la moindre régularité.

– J'en suis convaincu, dit Saint-Clare.

– Une prodigalité folle ! Un désordre tel que je n'en ai jamais vu !

– Je gagerais, en effet, que c'est pour vous une nouveauté.

– Vous ne le prendriez pas avec ce sang-froid si vous étiez maîtresse de maison.

– Ma chère cousine, comprenez donc une bonne fois pour toutes que nous sommes divisés, nous autres maîtres, en deux classes : les oppresseurs et les opprimés. Ceux qui, comme moi, sont d'un bon naturel et détestent la sévérité, prennent leur parti d'une foule d'inconvénients. Je ne veux pas que ces pauvres diables soient fouettés ; ils le savent et abusent naturellement de leurs privilèges.

– Mais n'avoir ni heure fixe, ni temps, ni lieu, ni ordre… Laisser ainsi tout aller à l'aventure !

– Ma chère, vous autres, natifs du pôle Nord, vous attachez trop d'importance au temps ! Que voulez-vous qu'en fasse un homme qui en a deux fois plus qu'il n'en peut employer ? Quant à l'ordre et à la méthode, qu'importe une heure de retard ou d'avance pour le déjeuner ou le dîner, si l'on n'a rien à faire qu'à lire, étendu sur un sofa ? Tenez, voilà Dinah qui vous fera un excellent dîner, tiré du chaos et des ténèbres de sa cuisine ; j'en suis émerveillé quand j'y pense et je trouve son art sublime.

– Mais, Augustin, vous ne savez pas dans quel état j'ai trouvé les choses.

– Moi ! est-ce que je ne sais pas que le rouleau à pâtisserie réside d'ordinaire sous son lit, la râpe à muscade dans sa poche à tabac, qu'il y a soixante-cinq sucriers différents, un dans chaque coin de la maison ; qu'un jour elle lave les assiettes avec une serviette de table, et le lendemain avec un lambeau de son vieux jupon ? Tout cela ne l'empêche ni de préparer d'admirables dîners, ni de faire un café exquis ! Il faut la juger comme les guerriers et les hommes d'État – à ses succès.

– Mais le gaspillage, la dépense, le désordre !

– Eh bien ! enfermez tout ce qui se peut enfermer, et gardez la clef. Donnez par petites mesures et ne vous informez pas des restes, c'est ce qu'il y a de mieux.

– Cela me chagrine, Augustin. Je ne puis m'empêcher de craindre que vos domestiques ne soient pas *strictement honnêtes*. Êtes-vous sûr qu'on puisse s'y fier ?

Augustin éclata de rire devant la longue figure que faisait miss Ophélia en articulant cette question.

– Cousine, c'est trop fort ! *Honnêtes !* Comme si on pouvait s'attendre à ce qu'ils le soient. *Honnêtes !* Non, certes, ils ne le sont pas ! Pourquoi le seraient-ils ? Dès le sein de sa mère, l'enfant de couleur comprend qu'il ne pourra arriver que par des voies souterraines. Il n'a que ce moyen pour se faufiler dans les bonnes grâces de ses parents, de sa maîtresse, du jeune maître et de ses compagnons. La ruse, le mensonge, lui deviennent des habitudes nécessaires, inévitables. Il serait injuste d'attendre autre chose de lui. On ne doit pas l'en punir. On retient l'esclave dans un état de demi-enfance, un état de dépendance où il lui est impossible de comprendre le droit de propriété et de ne pas considérer les biens de son maître comme les siens, s'il peut se les approprier. Un homme tel que Tom est un miracle moral!

TOPSY

Un matin, miss Ophélia vaquait aux soins du ménage, quand la voix de Saint-Clare se fit entendre au pied des escaliers.

– Venez donc, cousine, j'ai quelque chose à vous montrer.

– Qu'y a-t-il? demanda miss Ophélia, en descendant, sa couture à la main.

– Voyez... C'est une acquisition que je viens de faire pour vous.

Et il poussa devant elle une petite négrillonne qui pouvait avoir huit ou neuf ans.

Elle était des plus noires de sa race; ses yeux ronds, brillants, inquiets, promenaient incessamment sur tout ce que contenait la chambre leurs étincelantes prunelles de jais. Sa bouche, entrouverte d'étonnement face aux merveilles que renfermait le salon du nouveau maître, laissait apercevoir deux rangées de dents d'un émail éclatant. Ses cheveux laineux, divisés par tresses en une multitude de petites queues droites, les plus drôles du monde, se hérissaient en tous sens. Il y avait dans sa physionomie un singulier mélange de sagacité et d'astuce, à peine voilé par une solennelle expression de gravité dolente. Elle n'avait pour tout vêtement qu'un affreux et dégoûtant sarrau de toile à sac en guenilles. Elle se tenait bien droite, les mains modestement croisées devant elle. L'ensemble répondait à l'idée qu'on se fait d'un lutin, d'un esprit malin. Miss Ophélia l'avoua plus tard, cette petite mine sauvage et païenne lui avait fait peur. Aussi, se tournant vers Saint-Clare, elle lui dit :

– Au nom du ciel, dans quel but nous amenez-vous cette chose ?

– Pour vous l'offrir, cousine : vous ferez son éducation, vous la conduirez dans le droit chemin.

Saint-Clare jouissait avec un malin plaisir de sa stupeur et, s'adressant à l'enfant :

– Topsy, lui dit-il, regarde ! Voici ta nouvelle maîtresse ; je lui fais cadeau de toi. À présent, veille à bien te comporter.

– Oui, maître ! dit la petite sainte nitouche, toujours grave et solennelle, mais avec un clin d'œil.

– Augustin, qu'est-ce que cela signifie ? dit miss Ophélia. Votre maison est déjà pleine de ces petites pestes : on ne saurait faire un pas sans marcher dessus. Je me lève le matin, je trouve un négrillon endormi derrière ma porte, une tête noire se dresse de dessous la table, je trébuche sur un troisième couché sur le paillasson. De tous côtés, sur les balcons, sur les balustrades, on voit grimacer quelque face de suie ; partout, ils dorment, rient, pleurent, cabriolent, fourmillent. Pourquoi nous embarrasser en plus de celle-ci ?

– Pour vous la donner à élever, je viens de vous le dire. Vous la formerez. Votre grand thème n'est-il pas l'éducation ? Eh bien, cousine, je vous donne un sujet tout neuf, tout frais, pour vous exercer.

– J'ai assez de quoi m'exercer dans cette maison, je vous assure.

– Vous voilà bien, vous autres chrétiens ! Vous créez des sociétés de bienfaisance, vous envoyez quelque pauvre missionnaire user ses tristes jours parmi les païens, mais quant à recevoir chez soi l'un de ces infidèles, quant à le convertir personnellement, c'est une autre histoire : on les trouve désagréables et sales, c'est un travail trop ennuyeux.

Miss Ophélia se radoucit :

– Je ne voyais pas la chose sous cet angle, mais ce serait peut-être faire œuvre vraiment chrétienne.

Elle jeta sur l'enfant un regard plus favorable. Saint-Clare avait touché juste, car la conscience de miss Ophélia était toujours en éveil.

Il la prit à part :

– Cousine, je vous demande pardon de toutes les fariboles que je viens de vous débiter ; vous êtes si parfaitement bonne qu'elles ne sauraient vous heurter. Le fait est que cette petite appartenait aux propriétaires d'une gargote devant laquelle je passe tous les jours. J'étais fatigué d'entendre l'enfant crier, et ses maîtres, un couple d'ivrognes, l'assommer de coups et d'injures. Elle a un air si comique, si vivace, qu'il m'a semblé qu'on pourrait en tirer quelque chose. Je l'ai donc achetée et vous en fais cadeau. Donnez-lui une de vos bonnes éducations orthodoxes de la Nouvelle-Angleterre : nous verrons ce qu'il en résultera.

– Soit ! je ferai ce que je pourrai, dit miss Ophélia, et elle s'avança vers sa nouvelle propriété, comme on s'approcherait d'une grosse araignée noire, en supposant qu'on n'eût pour l'insecte que de bienveillantes intentions.

– Elle est à moitié nue et d'une affreuse malpropreté !

– Eh bien ! faites-la descendre pour qu'on la récure et qu'on l'habille.

Miss Ophélia emmena sa prise dans les régions de la cuisine. Personne, elle le constata bientôt, n'était disposé à laver et à habiller la nouvelle venue : la bonne miss se chargea donc elle-même de la corvée.

Mais lorsqu'elle vit les épaules et le dos de la petite sillonnés de cicatrices profondes, de bourrelets de chair, de callosités, marques ineffaçables du système dans lequel elle avait grandi, son cœur s'émut.

Quand Topsy fut habillée décemment, quand sa tête fut rasée, miss Ophélia éprouva certaine satisfaction : « La petite a l'air plus chrétien. » Préoccupée déjà de ses plans d'éducation, elle s'assit et commença l'interrogatoire :

– Quel âge as-tu, Topsy ?

– Sais pas, maîtresse, dit l'enfant avec une grimace qui montrait toutes ses dents.

– Quoi ! tu ne sais pas ton âge ? Qui était ta mère ?

– Jamais eu de mère du tout, dit la petite en refaisant sa grimace.

– Tu n'as pas eu de mère ! Que veux-tu dire ? Où es-tu née ?

– Jamais née, moi, persista Topsy avec une autre grimace diabolique.

– Il ne faut pas me répondre sur ce ton. Je ne plaisante pas. Dis-moi où tu es née et qui étaient tes parents.

– Suis jamais été née, moi, répéta Topsy avec plus d'emphase. Jamais eu ni père, ni mère, ni rien du tout. Un spéculateur m'a nourrie avec un tas d'autres, et vieille tante Sue prenait soin du tas.

L'enfant était manifestement sincère.

– Combien de temps as-tu passé chez tes derniers maîtres ?

– Sais pas, maîtresse.

– Un an? plus? moins?

– Sais pas, maîtresse.

– As-tu entendu parler de Dieu, Topsy?

L'enfant prit l'air effaré et refit sa grimace habituelle.

– Sais-tu coudre? demanda miss Ophélia, sentant la nécessité de descendre à des questions plus prosaïques.

– Non, maîtresse.

– Que sais-tu faire? Que faisais-tu chez tes anciens maîtres?

– Je portais l'eau, je lavais les assiettes, je nettoyais les couteaux, et je servais le monde.

Miss Ophélia mit un terme à cet encourageant dialogue et se leva. Elle vit alors Saint-Clare appuyé sur le dos de sa chaise.

– Vous trouvez ici un sol vierge, cousine, semez-y vos idées. Vous n'aurez pas la peine d'en extirper beaucoup d'autres.

Les principes de miss Ophélia étaient, en éducation comme en beaucoup de choses, fixes et bien définis. C'étaient ceux qui avaient cours, il y a environ un siècle, dans la Nouvelle-Angleterre; on en retrouverait encore la trace dans plusieurs régions reculées, là où ne passe pas le chemin de fer. Ils se résument en peu de mots: apprendre aux enfants à faire attention à ce qu'on leur dit, leur enseigner leur catéchisme, la couture, la lecture, et les fouetter quand ils mentent. Miss Ophélia ne connaissait pas d'autre système; elle entreprit donc de l'appliquer à sa petite païenne.

L'enfant avait été présentée dans la maison comme la propriété de miss Ophélia. La sachant mal vue à la cuisine, celle-ci choisit en conséquence, pour centre de ses opérations, sa propre chambre. Au lieu, comme par le passé, de faire elle-même son lit, de balayer et d'épousseter les lieux, elle se condamna à enseigner à Topsy ces divers exercices.

Voilà donc Topsy lavée, récurée, tondue de toutes ses petites queues, orgueil de son cœur, et revêtue d'une robe propre, d'un tablier bien empesé, debout devant miss Ophélia, avec une expression lugubre, tout à fait convenable pour un enterrement.

– À présent, Topsy, je vais te montrer comment on fait un lit. Je suis vétilleuse pour tout ce qui concerne mon coucher. Il faut t'y prendre exactement comme moi.

– Oui, ma'am', dit Topsy avec un profond soupir, la face de plus en plus allongée.

– Le drap du dessous doit être rabattu de cette façon, il faut le border au pied sous le matelas, bien lisse comme je fais. Tu vois?

– Oui, ma'am', soupira Topsy.

– Maintenant, voyons comment tu t'y prends,

dit miss Ophélia qui défit le drap et s'assit pour regarder opérer son élève.

Avec la même gravité solennelle et non sans adresse, Topsy exécuta toute la manœuvre à la complète satisfaction de miss Ophélia. Mais, par malheur, un petit bout de ruban échappé du bord de sa manche au moment où elle terminait la besogne attira l'attention de miss Ophélia. Elle fondit dessus :

– Qu'est-ce, vilaine ? s'écria-t-elle. Méchante créature, tu as volé ce ruban !

Le corps du délit fut tiré de la manche de Topsy, sans qu'elle parût le moins du monde déconcertée : elle le considéra d'un air de surprise, avec la plus candide innocence.

– Seigneur ! c'est-y pas la ceinture à miss Phélie ? Comment qu'elle s'a fourrée dans ma manche ?

– Topsy, ne me mens pas. Tu as volé ce ruban ?

– Oh ! maîtresse, jamais, pour sûr. Moi, je l'ai seulement pas vu, jusqu'à cette bénie minute.

– Topsy, ne sais-tu pas que c'est très mal de mentir ?

– Moi, jamais mentir, jamais, miss Phélie, dit Topsy avec une vertueuse gravité. C'est vérité toute pure que je dis, et rien d'autre.

– Topsy, je serai obligée de te fouetter, si tu mens. Penses-y !

– Maîtresse, quand je serai été fouettée toute la journée, dit Topsy en commençant à pleurnicher, je pourrai rien dire d'autre. J'avais pas vu ça du tout : ça aura attrapé mon bras ! Miss Phélie l'a laissé sur le lit, il s'est pris dans les draps et fourré dans ma manche !

– Allons, Topsy, reprit miss Ophélia, si tu avoues, tu ne seras pas fouettée pour cette fois.

Ainsi adjurée, Topsy avoua son crime et, du ton le plus lamentable, protesta de son repentir.

Éva entra dans la chambre à cet instant. Elle demeura immobile, les yeux rivés sur Topsy.

Là se trouvaient face à face deux êtres qui représentaient les points extrêmes de l'échelle sociale : l'une, Saxonne, née d'une succession de siècles de culture, de domination, de supériorité physique et morale ; l'autre, Africaine, produit d'une longue série d'opprobres, d'oppression, de servitude, de travail et de vice.

Lorsque miss Ophélia s'étendit, en long et en large, sur les crimes de Topsy, l'angélique figure d'Éva se couvrit d'un nuage de tristesse, et elle dit doucement :

– Pauvre Topsy, qu'avais-tu besoin de voler !... Sais-tu que j'aimerais mieux te donner tout ce que j'ai plutôt que de te le voir prendre ?

C'étaient les premiers mots affectueux que l'enfant entendait. Mais l'oreille qui ne s'est ouverte qu'à l'injure est incrédule la première fois que lui parle la bonté. Topsy trouva les paroles d'Éva bizarres, inexplicables : elle n'y crut pas.

Que faire de Topsy ? C'était une véritable énigme pour miss Ophélia ; ses principes éducatifs devenaient inapplicables.

– Je ne sais, dit-elle à Saint-Clare, comment venir à bout de cette enfant sans la fouetter.

– Fouettez-la, si le cœur vous en dit ; vous avez les pleins pouvoirs : agissez à votre guise. Seulement, je me permettrai une légère observation : j'ai vu battre cette enfant avec un tisonnier, je l'ai vue terrassée avec la pelle, les pincettes, tout ce qui tombait sous la main ! Elle me paraît tellement familiarisée avec ce procédé, que votre fouet devra être très énergique pour la stimuler.

– Que faire alors ?

– Vous soulevez là une grave question, cousine : que faire, en effet, d'un être humain gouverné seulement par le bâton, si le bâton fait défaut ? Les cruautés horribles, les atrocités dont les gazettes font parfois leurs choux gras, d'où viennent-elles ? La plupart du temps, d'un endurcissement progressif des deux partis. Le maître devient de plus en plus cruel et l'esclave de plus en plus insensible. Il en est du fouet et des mauvais traitements comme de l'opium : il faut doubler la dose quand la sensibilité s'émousse. Devenu propriétaire d'esclaves d'assez bonne heure, j'ai compris la situation et résolu de ne jamais commencer, faute de savoir où je m'arrêterais. J'ai voulu protéger au moins ma moralité.

– C'est votre système qui produit de tels enfants, dit miss Ophélia.

– Je le sais, mais, en attendant, ils sont là ! ils existent... alors qu'en faire ?

– Je ne vous remercie toujours pas de l'expérience, mais comme il semble qu'il y a là un devoir à remplir, je vais persévérer et faire de mon mieux, répondit miss Ophélia.

En effet, elle travailla, redoublant de zèle et d'énergie sur son nouveau sujet. Elle institua des heures régulières d'études et entreprit d'apprendre à lire et à coudre à Topsy.

La petite fille se montra assez douée dans le premier art. Elle apprit ses lettres comme par magie et fut bientôt en état de lire des phrases simples, mais la couture alla moins bien. Souple comme un chat, remuante comme un singe, toute assiduité lui était insupportable. En conséquence, elle cassait ses aiguilles, les jetait discrètement par la fenêtre ou les faisait filer dans quelques fentes. Elle emmêlait et salissait son fil ou, d'un geste adroit et léger, lançait au loin les bobines. Ses mouvements étaient aussi agiles que ceux d'un jongleur professionnel, et elle maîtrisait à la perfection l'expression de ses traits. Bien que miss Ophélia ne pût croire qu'une telle multiplicité d'incidents entrât dans l'ordre naturel des choses, il lui aurait fallu une vigilance de tous les instants pour prendre son élève en flagrant délit.

Topsy compta bientôt parmi les personnages remarquables de la maison. Son talent pour toutes les bouffonneries, grimaces, imitations burlesques, son habileté à danser, cabrioler, grimper, chanter, siffler, semblaient inépuisables. Aux heures de récréation, elle entraînait après elle tous les enfants, qui la suivaient émerveillés, bouche bée, sans excepter Éva, fascinée par les diableries de Topsy.

Tout d'abord méprisée par les principaux domestiques, Topsy les força vite à changer de ton. On s'aperçut que le moindre outrage fait à cette petite était bientôt expié par un accident fortuit. C'était une paire de boucles d'oreilles ou quelque autre bijou favori qui disparaissaient soudain ; un précieux chiffon de toilette qui se trouvait taché ou perdu ; on trébuchait contre un chaudron d'eau bouillante, on recevait un déluge d'eau sale sur un habit de gala. Bref, Topsy sut parfaitement faire comprendre à chacun qu'il était sage de respecter son repos et, en conséquence, on la laissa tranquille.

D'une adresse rare, elle apportait aux travaux manuels autant d'énergie que d'activité. Elle apprenait rapidement ce qu'on lui enseignait : il fallut peu de leçons pour la mettre au fait de tout ce qui concernait la chambre de miss Ophélia. Jamais doigts humains n'auraient su mieux aplanir les draps, ajuster plus méthodiquement les oreillers, balayer, épousseter, ranger avec plus de perfection que ceux de Topsy, lorsqu'elle le voulait bien. Mais elle ne le voulait pas toujours...

Un jour, la maîtresse – négligence inouïe chez elle – oublia sa clef sur un tiroir et retrouva son élève affublée d'un magnifique turban rouge, fait de son plus beau châle de crêpe de Chine. Topsy l'avait entortillé autour de sa tête, tandis qu'elle déclamait pompeusement devant la glace.

– Topsy, s'écriait la pauvre miss, à bout de patience, comment peux-tu agir de la sorte ?

– Sais pas, maîtresse, c'est p't-être parce que je suis bien méchante !

– Je ne sais plus quoi faire de toi, Topsy !

– Maîtresse, faut me fouetter. Vieille maîtresse me fouettait toujours. Moi, sais pas travailler sans être battue.

– Mais, Topsy, je n'ai pas la moindre envie de te battre. Tu peux si bien faire quand tu veux ! Pourquoi ne le veux-tu pas !

– Maîtresse, je suis toujours été fouettée : p't-être que c'est bon pour moi !

Miss Ophélia essaya la recette. Topsy faisait invariablement le plus horrible vacarme : elle criait, gémissait, hurlait, suppliait ; puis, perchée un quart d'heure après sur quelque balcon, entourée d'un cercle admiratif de petits négrillons, elle exprimait hautement son mépris pour toute l'affaire.

– Seigneur! miss Phélie, fouetter! Tuerait pas seulement un moustique avec sa fouaillerie! Fallait voir vieux maître! Y faisait voler la chair tout partout, lui! C'est ça fouetter! Maître savait s'y prend'! Je suis si méchante, si méchante, que personne peut rien faire de moi, rien du tout. Ah! ah! je suis pour sûr la plus méchante des méchantes créatures du monde!

Là-dessus, Topsy faisait la cabriole, montait d'un cran plus haut sur son perchoir et se rengorgeait, glorieuse de tant de distinction.

Son éducation se poursuivit ainsi pendant un an ou deux. Miss Ophélia s'habitua à elle comme à une sorte de mal chronique, comme d'autres s'habituent aux névralgies ou à la migraine. Saint-Clare s'amusait de l'enfant comme d'une perruche ou d'un chien d'arrêt et, lorsque les sottises de Topsy la faisaient tomber dans quelque disgrâce, elle savait fort bien se réfugier derrière la chaise du maître, et Saint-Clare trouvait toujours le moyen de faire sa paix. Elle lui soutirait aussi de petites pièces de monnaie, vite échangées contre des noix et du sucre candi, qu'elle distribuait ensuite avec une générosité inépuisable à tous les enfants de la maison. Car, pour rendre justice à Topsy, il faut dire qu'elle était généreuse et d'un bon naturel. Ses rancunes et ses malices, pouvaient, à vrai dire, passer pour de la défense personnelle...

LE KENTUCKY

Nous allons brièvement ramener le lecteur à la case de l'oncle Tom, pour voir ce qui s'y passe.

C'était par une chaude après-midi d'été, vers le soir. Les portes et fenêtres, toutes grandes ouvertes, invitaient la brise à entrer, pour peu qu'il lui en prît l'envie. M. Shelby savourait avec délice son cigare. Sa femme cousait, assise près de la porte. Elle semblait avoir quelque chose sur le cœur et attendre l'occasion de parler.

– Savez-vous, dit-elle enfin, que Chloé a reçu une lettre de Tom?

– Vraiment! Comment va-t-il, le pauvre diable?

– Il a été acheté par une famille que je crois très distinguée, dit Mme Shelby. Il est bien traité et n'a pas beaucoup à faire. Mais il demande avec beaucoup d'anxiété si l'argent de son rachat sera bientôt prêt.

– Ma foi, je n'en sais rien. Quand les affaires tournent mal, il n'y a pas de raison pour en finir. C'est comme si l'on sautait de tourbière en tourbière, dans un marécage. Il faut emprunter à l'un pour payer l'autre, puis réemprunter à l'autre pour payer l'un.

– Il me semble, mon ami, que nous pourrions y remédier. Supposez que nous vendions tous nos chevaux et une de nos fermes, nous pourrions alors payer comptant.

– C'est ridicule, Émilie ! Vous êtes la femme la plus charmante du Kentucky, mais vous n'avez pas le sens des affaires.

Mme Shelby se tut. Elle étouffa un soupir. Résolue à tenir la promesse faite à Chloé et à l'oncle Tom, elle se désolait des obstacles qui se multipliaient autour d'elle.

– Ne voyez-vous pas quelque moyen d'amasser cet argent ? Pauvre tante Chloé ! elle ne pense qu'à cela !

– J'en suis fâché. J'ai promis trop vite. Il vaudrait peut-être mieux le dire à Chloé et l'engager à en prendre son parti. Dans un an ou deux, Tom aura une autre femme, et elle ferait bien de se pourvoir de son côté.

– Jamais je ne pourrais lui donner pareil conseil, monsieur Shelby. J'ai appris à mes gens que leurs mariages étaient aussi sacrés que les nôtres.

– Il est désolant, ma chère, que vous les ayez surchargés d'une morale bien au-dessus de leur condition et de leurs espérances. Je l'ai toujours pensé.

– Ce n'est que la morale de la Bible, monsieur Shelby. Et, si je ne puis me procurer l'argent d'aucune autre façon, je donnerai des leçons de musique : je sais que j'aurais assez d'écoliers pour gagner à moi seule la somme nécessaire.

– Vous ne vous dégraderiez pas à ce point, Émilie ! Jamais je n'y consentirai.

– Me dégrader ! Ne serait-il pas mille fois plus dégradant de manquer de parole à ces pauvres abandonnés ?

Cette conversation fut interrompue par l'apparition de tante Chloé, au bout de la véranda.

– La maîtresse voudrait-elle venir une minute ?

– Quoi, Chloé ? qu'y a-t-il ? demanda Mme Shelby en se rendant au balcon.

– Seigneur bon Dieu ! dit Chloé. Pourquoi donc le maître et la maîtresse se tracasseraient-ils à faire de l'argent, au lieu de se servir de leurs mains ?

– Je ne te comprends pas, répondit Mme Shelby, devinant à certains indices que Chloé n'avait pas perdu un seul mot de la conversation qui venait d'avoir lieu entre elle et son mari.

– Eh ! Seigneur, les autres maît's louent leurs Nèg's, et en tirent gros : ils s'amusent pas à garder un tas de bouches à nourrir à la maison !

– Eh bien, Chloé, qui nous proposes-tu de louer ?

– Seigneur ! je propose rien du tout, maîtresse ! seulement Sam le noir dit qu'il y a, à Louisville, un de ces confesseurs, comme on les appelle, qui voudrait trouver une bonne faiseuse de gâteaux et de pâtisserie. Il a dit qu'il lui donnerait quatre dollars par semaine ! Si la maîtresse voulait me laisser aller, j'aiderais à faire l'argent. Je ne crains pas de mettre mes gâteaux à côté de ceux de n'importe quel confesseur.

– *Confiseur*, Chloé.

– Seigneur bon Dieu, maîtresse, y a pas grande différence ! C'est si curieux, les mots ! Ça veut pas toujours se laisser dire par le pauv' monde.

– Mais, Chloé, il te faudrait laisser tes enfants.

– Oh ! les garçons sont bien assez grands pour se tirer d'affaire, ils sont pas manchots du tout ! Et la petite, elle est si avancée, la mignonne ! Y a presque plus besoin de la suivre.

– Louisville est bien loin.

– Seigneur ! Ça m'effarouche pas ! C'est quelque part près de mon pauvre homme, peut-êt', dit Chloé sur un ton interrogatif, en regardant Mme Shelby.

– Non, Chloé ; c'est à plusieurs centaines de milles.

La figure de Chloé s'allongea.

– N'importe ! reprit Mme Shelby. En allant à Louisville, tu te rapprocheras de lui. Oui, tu peux partir, et tous tes gages, jusqu'au dernier sou, seront mis de côté pour le rachat de ton mari.

La face noire de Chloé s'illumina soudain et devint resplendissante.

– Seigneur! La maîtresse est toujours si bonne! J'ai ruminé la chose depuis longtemps: je n'ai plus besoin ni de robes, ni de souliers, ni de rien. Je vais tout mettre, tous les sous. Combien qu'il y a de semaines dans un an, maîtresse?

– Cinquante-deux.

– Tant que ça! Et quatre dollars par semaine, combien ça peut faire?

– Deux cent huit dollars.

– Oh! s'exclama Chloé d'un air étonné et ravi. Et combien de temps qu'il faudra travailler, maîtresse, pour avoir tout l'argent?

– Quatre ou cinq ans. Mais tu n'auras pas à tout gagner: j'y ajouterai quelque chose.

– Oh! je peux pas supporter l'idée que la maîtresse donne des leçons, ni rien. Le maître a raison de pas vouloir! Ça peut pas aller. Personne de la famille en viendra jamais là, j'espère, tant que pauv' Chloé aura des bras.

– Sois tranquille, Chloé, je veillerai à l'honneur de la famille, dit Mme Shelby en souriant. Quand comptes-tu partir?

– Sam le noir descend à la rivière demain avec les poulains. Il a dit qu'il pourrait m'emmener;

alors j'ai fait mon paquet. Si la maîtresse est d'accord, je partirai demain matin avec Sam.

– Eh bien, Chloé, je vais en parler à M. Shelby.

Mme Shelby monta, et tante Chloé, ravie, retourna chez elle faire ses préparatifs.

– Eh bien, massa Georgie, vous savez pas ? Je m'en vais à Louisville, demain ! dit-elle au jeune maître quand il pénétra dans la case. Je m'en vais gagner quatre dollars par semaine ! Et maîtresse les mettra tous de côté pour racheter mon vieux !

– Hourra ! dit Georgie, en voilà un coup d'État !

– À présent, massa Georgie, faut vous asseoir là pour écrire à mon vieux et lui conter tout ça. Vous voulez bien ?

– Certes oui, dit Georgie. Oncle Tom sera joliment content d'avoir de nos nouvelles. Je cours à la maison chercher du papier et de l'encre.

– Allez vite pendant que je vous prépare un morceau de poulet, ou quelque autre bonne bouchée. Vous ne souperez plus si souvent avec votre pauv' tante Chloé !

L'HERBE FLÉTRIT, LA FLEUR SE FANE

Deux années s'écoulèrent. Séparé de tout ce qu'il aimait, Tom soupirait après ceux qu'il avait laissés derrière lui, et pourtant il ne se sentait pas tout à fait malheureux.

La réponse à sa lettre avait été écrite, nous l'avons dit, par massa Georgie, d'une bonne main d'écolier, ronde et ferme. On y voyait tante Chloé gagner de gros gages chez un confiseur de Louisville, argent qui s'amassait pour compléter le rachat de Tom ; Moïse et Pierrot prospéraient, et la petite mignonne trottinait dans toute la maison sous la surveillance de la famille. À la vérité, pour l'heure, la chère case était fermée, mais Georgie ne tarissait pas sur les embellissements et additions qui devaient signaler le retour de l'oncle Tom.

L'amitié de Tom et d'Éva grandissait en même temps que grandissait l'enfant, et il serait difficile de dire quelle place elle occupait dans ce cœur tendre et dévoué. Tom l'aimait comme quelque chose de terrestre et de frêle, et rendait en même temps une sorte de culte à cette nature toute céleste.

Les chaleurs de l'été ayant chassé de la ville tous ceux qui pouvaient aller respirer à la campagne, Saint-Clare émigra avec toute sa maison à sa villa du lac Pontchartrain.

C'était un charmant cottage indien, entouré

de légères et élégantes vérandas de bambous, et situé au centre de jardins et de parcs. Là, au bord du lac, par une belle soirée de dimanche, Éva et Tom s'étaient assis sur un tapis de mousse. La Bible d'Éva était ouverte sur ses genoux.

– Oncle Tom, chante-moi les *Esprits brillants*, lui demanda-t-elle.

Tom chanta l'hymne bien connue des méthodistes :

– Je les vois ces esprits brillants,
Au sein de l'éternelle gloire,
Tout couverts de vêtements blancs :
Ils chantent l'hymne de victoire !

– Oncle Tom, je les ai vus ! dit alors Éva. Ils viennent me visiter quand je dors. Oncle Tom, poursuivit-elle, j'y vais aussi...

– Où, miss Éva ?

De sa petite main, l'enfant montra le ciel.

– Je vais là ! répéta-t-elle, vers les esprits brillants, Tom ! *J'y serai sous peu.*

Le tendre cœur fidèle ressentit comme un choc. Tom se souvint que, depuis six mois, les petites mains d'Éva lui avaient souvent paru grêles, sa peau devenait plus transparente, son souffle plus court. Elle se fatiguait vite et demeurait toute languissante dès qu'elle essayait de jouer dans ce jardin où, jadis, elle s'ébattait gaiement des heures entières. Il avait entendu miss Ophélia parler d'une toux opiniâtre qu'aucun médicament ne parvenait à guérir, et, à l'instant même, ces joues ardentes, ces petites mains diaphanes, brûlaient d'une fièvre lente.

Le dialogue d'Éva et de Tom fut interrompu par les appels répétés de miss Ophélia.

– Éva ! Allons donc ! Le soir tombe. Vous ne devriez pas être dehors.

Éva et Tom se hâtèrent de rentrer.

Miss Ophélia avait derrière elle une longue expérience de garde-malade. Elle ne connaissait que trop la marche perfide de ce mal insidieux qui moissonne les plus beaux, les plus aimés, et les marque du sceau irrévocable de la mort avant qu'une seule fibre de vie paraisse atteinte. Elle avait remarqué cette toux légère et sèche, ces joues chaque jour plus brillantes, l'éclat de l'œil, l'agitation fébrile des mouvements.

Éva restait assise des heures entières à rire des espiègleries de Topsy, puis, soudain, une ombre passait sur son doux visage, son œil se troublait, et sa pensée errait au loin.

– Maman, dit-elle un jour à sa mère, pourquoi ne pas apprendre à lire à nos esclaves ?

– Quelle question ! La lecture ne leur servirait à rien. Elle ne leur apprendrait pas à travailler, or c'est pour cela qu'ils sont faits.

– Pourtant, ne faudrait-il pas qu'ils lisent la Bible pour connaître la volonté de Dieu ?

– Oh ! ils n'ont qu'à se faire lire le peu dont ils ont besoin.

– Mais, maman, la Bible est le livre de tous : chacun doit pouvoir le lire. Miss Ophélia a bien appris à lire à Topsy, continua l'enfant.

– Oui, et cette science lui a merveilleusement profité. Topsy est bien la plus mauvaise petite créature que j'aie jamais vue.

- Et la pauvre Mammy, insista Éva, elle qui aime sa Bible comme ses yeux, serait-elle heureuse de pouvoir la lire ! Lorsqu'elle ne m'aura plus, comment fera-t-elle ?

– Le temps viendra, c'est clair, où vous ne pourrez plus lire la Bible à tous nos esclaves, à tour de rôle. Après votre entrée dans le monde, quand il faudra s'habiller, recevoir et rendre des visites, vous n'en aurez plus le temps.

Éva se retira doucement, mais, à partir de ce jour, elle donna à Mammy des leçons de lecture assidues.

SINISTRES PRÉSAGES

Depuis deux jours, Éva, trop souffrante, n'avait pu quitter sa chambre. On appela le médecin.

Marie Saint-Clare, absorbée dans l'étude de deux ou trois nouvelles maladies dont elle se croyait victime, n'avait prêté aucune attention au dépérissement de sa fille. Pour premier article de foi, elle était assurée que jamais personne n'avait souffert ni ne pouvait souffrir autant qu'elle. Elle repoussait avec une virulence indignée la moindre insinuation que quelque autre pût être malade sous son toit. Chez les autres, c'était toujours paresse et manque d'énergie.

Plusieurs fois, miss Ophélia tenta d'éveiller les craintes maternelles – en vain.

Mais maintenant qu'Éva était visiblement abattue, et qu'on avait appelé un médecin, Marie changeait de ton. Elle le savait ! Elle l'avait toujours pressenti ! Elle était condamnée à devenir la plus malheureuse des mères ! Avec sa misérable santé, voir son unique enfant dépérir, descendre sous ses yeux dans la tombe ! Et, en vertu de ce nouveau chagrin, Marie mit chaque nuit le sommeil de la pauvre Mammy en déroute, persécutant, tracassant, tourmentant plus énergiquement que jamais.

Une ou deux semaines s'écoulèrent, et il y eut une nette amélioration dans les symptômes, un de ces leurres de l'inexorable mal qui entretient l'espoir jusqu'au bord de la tombe. Le pas léger d'Éva glissa à nouveau dans les jardins, sur les balcons. Ivre de joie, son père déclara qu'elle avait recouvré sa belle santé.

Miss Ophélia et le docteur ne tirèrent aucun encouragement de cette trêve illusoire. Un autre cœur partageait leur conviction, le pauvre petit cœur d'Éva.

– Pas possible de garder miss Éva! dit Tom à Mammy. Le signe du Seigneur est sur son front!

– Hélas! oui, soupira Mammy en levant les mains au ciel. Je l'ai toujours dit! Jamais elle a été une enfant à vivre, il y avait toujours là, au fond de ses yeux, un je-ne-sais-quoi. Je l'ai tant dit à la maîtresse! Et voilà que ça devient vrai!

Éva gravissait les marches pour aller rejoindre son père. Le soir approchait, les lueurs du couchant couronnaient sa tête d'une sorte d'auréole, alors qu'elle avançait, aérienne, dans ses vêtements blancs, et que ses yeux brillaient de la fièvre qui la consumait.

Saint-Clare l'avait appelée pour lui montrer une statuette qu'il lui avait achetée, mais son aspect le frappa au cœur.

– Éva chérie! tu te sens mieux ces jours-ci, n'est-ce pas?

– Papa! – la voix d'Éva prit une fermeté inaccoutumée. Il y a des choses que j'ai envie de vous dire depuis longtemps, je voudrais le faire maintenant, avant d'être trop faible.

Saint-Clare frissonna. Éva s'assit sur ses genoux et appuya sa tête sur la poitrine de son père.

– Il est inutile de vous le cacher davantage : le moment de vous quitter approche. Je vais partir pour ne plus jamais revenir.

Tremblant, Saint-Clare prit une voix qu'il voulait enjouée :

– Voilà que tu te décourages. Il ne faut pas te laisser aller à de sombres pensées. Tiens, regarde la jolie figurine que je t'ai achetée !

– Non, papa, dit Éva en repoussant doucement la statuette. Ne vous y trompez pas : il n'y a aucun mieux, je le sais très bien. Je m'en vais, je le sens. Je ne ne suis pas découragée. Seulement, il y a tant de choses ici qui me peinent...

– Quelles choses, mon enfant ?

– Oh ! des choses qui se font tous les jours ! Je suis triste pour nos pauvres domestiques. Ils m'aiment tant ! Ils sont tous si attentifs, si bons pour moi. Je voudrais, papa, qu'ils soient libres.

– C'est une question très compliquée, ma chérie. Je souhaiterais de toute mon âme qu'il n'y ait plus un seul esclave sur terre, mais comment faire ? Quels moyens prendre ? Je n'en sais rien.

– Papa, vous êtes si bon, si noble, si tendre ; vous avez une façon si agréable de dire tout ce que vous dites : si vous essayiez de convaincre les gens de faire ce qui serait juste et bien ! Quand je serai morte, papa, vous y penserez, n'est-ce pas ? Vous le ferez pour l'amour de moi ?

– Quand tu seras morte, Éva ! s'écria Saint-Clare, désespéré. Ne parle pas ainsi ! N'es-tu pas tout ce que je possède en ce monde !

– Papa, ces pauvres gens aiment leurs enfants comme vous m'aimez, moi. Faites quelque chose pour eux ! J'ai vu la pauvre Mammy pleurer bien des fois en parlant de ses enfants, et Tom qui aime tant les siens ! Promettez-moi que Tom aura sa liberté, aussitôt que... – elle s'arrêta, puis dit d'une voix hésitante : Quand je n'y serai plus.

Le soir les enveloppait d'ombres toujours plus épaisses et solennelles. Saint-Clare tenait le corps frêle de sa fille serré contre sa poitrine : la douce voix enfantine lui semblait le souffle d'un esprit. Comme en une vision, soudain son passé tout entier se leva devant lui : les hymnes et les prières de sa mère, ses premières aspirations vers la justice et la vertu, puis, entre ces temps lointains et l'heure présente, des années de scepticisme, de vie mondaine, de ce que les hommes appellent une existence honorable. Nous pouvons avoir beaucoup de pensées en une seconde. Saint-Clare vit et ressentit beaucoup de choses, mais ne parla point. Comme la nuit s'avançait, il porta l'enfant à sa chambre et, quand elle fut prête à mettre au lit, il renvoya les servantes et la berça dans ses bras en chantant doucement jusqu'à ce qu'elle soit endormie.

LA PETITE ÉVANGÉLISTE

C'était un dimanche après-midi. Saint-Clare, étendu sur une chaise longue, savourait son cigare dans la véranda. Bientôt, de vives exclamations et une grêle de reproches firent explosion dans la chambre de miss Ophélia.

– Quel nouveau méfait Topsy a-t-elle donc commis? demanda Saint-Clare. Je parierais qu'elle est à l'origine de cette tempête!

La minute d'après, miss Ophélia parut, traînant la coupable:

– Viens ici, criait-elle, viens! Je veux le dire à ton maître.

– Qu'y a-t-il, cousine?

– Il y a que je ne puis être plus longtemps harcelée par cette enfant. Je lui donne une hymne à apprendre, et de quoi s'avise-t-elle? de m'épier quand je cache ma clef, d'ouvrir mon chiffonnier, d'y prendre ma plus belle garniture de bonnet et de la couper en morceaux pour en faire des robes de poupée! De ma vie, je n'ai jamais rien vu de pareil! Augustin, je suis à bout de patience et d'expédients.

– Ici, petit singe, viens là! dit Saint-Clare,

appelant l'enfant près de lui. Qui t'a poussée à te conduire ainsi ?

– Pour sûr, c'est mon mauvais cœur, répondit solennellement Topsy. Miss Phélie l'a dit.

– Ne vois-tu pas la peine que se donne miss Ophélia ? Elle ne sait plus que faire de toi.

– Vieille maîtresse disait tout pareil et elle me fouettait. Ah ! elle me fouettait autrement plus fort ! Elle m'arrachait les cheveux, elle me cognait la tête cont' la porte, et ça n'y faisait rien du tout ; ça ne me faisait pas aucun bien. Je suis si méchante, Seigneur ! Et puis, je ne suis qu'une Nég'esse après tout !

Éva, qui avait écouté en silence, fit signe à Topsy de la suivre, et les deux enfants se glissèrent ensemble dans un coin de la véranda.

– Que va faire Éva ? demanda Saint-Clare. Il faut que je voie ça.

Marchant sur la pointe des pieds, il s'avança doucement, écarta un peu le rideau de la porte, et presque aussitôt, posant le doigt sur ses lèvres, appela d'un geste silencieux miss Ophélia près de lui. Les deux enfants étaient assises l'une en face de l'autre sur le plancher : Topsy, avec son air mutin, comique et insouciant, et Éva, le visage ému, les yeux pleins de larmes.

– Qu'est-ce qui te rend si mauvaise, Topsy ? Pourquoi ne veux-tu pas essayer d'être bonne ? Est-ce que tu n'aimes personne ? disait Éva.

– Sais pas. Moi, bien aimer le suc' candi et les aut' bonnes choses, c'est tout.

– Mais, Topsy, il ne tiendrait qu'à toi d'être bonne.

– Je peux être qu'une Nég'esse, rien aut', bonne ou pas bonne, dit Topsy. Si je pouvais m'ôter ma peau noire et venir tout blanc, alors je dis pas !

– Mais on peut t'aimer alors que tu es noire, Topsy. Miss Ophélia t'aimerait, si tu étais bonne.

– Elle peut pas me souffrir parce que je suis une Nég'esse. Elle aimerait mieux toucher un crapaud que me toucher moi ! Personne aimer Nèg's, Nèg's pouvoir rien faire de bon, mais tant pis, moi je m'en moque !

Et Topsy se mit à siffler.

– Oh ! Topsy, moi je t'aime ! s'écria Éva avec passion.

Et elle appuya tendrement sa petite main blanche sur l'épaule de Topsy.

– Je t'aime parce que tu n'as ni père, ni mère, ni amis, parce que tu es une pauvre petite fille malheureuse et abandonnée ! Je t'aime et je te voudrais bonne ! Vois-tu, Topsy, je suis bien malade, je ne vivrai pas longtemps, et j'ai tant de chagrin de te voir méchante ! Sois bonne pour l'amour de moi, j'ai si peu de temps à rester avec toi...

Les yeux ronds et perçants de l'enfant noire se voilèrent soudain de grosses gouttes brillantes.

– Oh! chère miss Éva! moi tâcher d'être bonne. Je m'en souciais pas avant, pas du tout.

Saint-Clare laissa retomber le rideau.

– J'ai toujours eu une sorte de dégoût des Nègres, c'est un fait, dit miss Ophélia. Je n'aimais pas que cette petite me touche, mais je n'avais pas imaginé qu'elle puisse s'en apercevoir.

– N'espérez pas cacher ce genre de chose aux enfants, répondit Saint-Clare. Les faveurs, les bienfaits, rien ne saurait susciter en eux la moindre gratitude, tant que cette répugnance existe.

– Je crois qu'Éva m'a donné là une leçon.

– Peut-être... Ce ne serait pas la première fois qu'un petit enfant aurait instruit un vieux disciple...

MORT

La force trompeuse qui avait soutenu Éva pendant quelques semaines s'était évanouie. Il n'y avait plus de doute possible, et les plus ardentes espérances n'auraient pu s'aveugler.

L'oncle Tom se tenait souvent dans sa chambre. Plus que personne, il avait sa confiance. C'était à lui qu'Éva, craignant d'affliger son père, confiait ces pressentiments qui vibrent dans l'âme à mesure que les liens terrestres se dénouent.

Tom passait les nuits étendu sur le sol de la véranda, prêt à accourir au premier bruit.

– Quelle fantaisie avez-vous, oncle Tom, de dormir comme un chien, n'importe où? lui demanda miss Ophélia. Je vous prenais pour un homme rangé, qui aime à se coucher tout chrétiennement dans son lit.

– Miss Éva m'a parlé. Le Seigneur envoie Son messager à l'âme. Faut que je sois là, miss Phélie. Quand cette enfant bénie entrera dans le royaume, la porte du ciel s'ouvrira si grande que nous en verrons tous la gloire.

– Oncle Tom, est-ce que miss Éva vous a dit qu'elle se sentait plus mal ce soir?

– Non, mais elle a dit ce matin que le temps était proche.

Miss Ophélia et Tom échangeaient ces paroles entre dix et onze heures, un soir où elle le trouva couché sur le seuil, en allant verrouiller la porte extérieure.

Elle n'était ni nerveuse, ni impressionnable, mais le ton solennel de Tom la frappa.

À minuit, il y eut un bruit dans la chambre muette: d'abord des pas pressés, ceux de miss Ophélia qui avait résolu de veiller toute la nuit, et qui, à cette heure, discerna ce que les gardes expérimentées appellent un changement. La porte du dehors fut ouverte: Tom, toujours sur le qui-vive, était debout.

– Appelez le docteur, Tom, dit miss Ophélia. Ne perdez pas une minute!

Et elle alla frapper doucement à la porte de Saint-Clare.

– Cousin, dit-elle, il faut venir.

Ces mots tombèrent sur le cœur de Saint-Clare comme autant de pelletées de terre sur un cercueil... En un clin d'œil, il fut près du lit, penché sur Éva: elle dormait.

Tom revint bientôt avec le docteur. Il entra, jeta un coup d'œil sur la malade et, comme tout le monde, demeura immobile et muet.

Réveillée par l'arrivée du médecin, Marie accourut effarée:

– Augustin! cousine! qu'y a-t-il?...

– Chut! dit Saint-Clare d'une voix rauque. Elle se meurt.

Mammy l'entendit et courut réveiller les domestiques. En moins de rien, toute la maison fut sur pied. Les lumières allaient, venaient; des pas se faisaient entendre, des visages bouleversés se pressaient sous la véranda. Tous regardaient, les yeux en pleurs, à travers les portes vitrées. Saint-Clare n'entendait rien, ne disait rien; il ne voyait plus que l'irrévocable sur les traits de l'enfant endormie.

Oh! si elle s'éveillait! si elle parlait encore une fois, une seule fois!

Courbé sur elle, il lui murmure à l'oreille:

– Éva, chérie!

Les larges yeux bleus s'ouvrent, un sourire passe, elle essaie de soulever sa tête; elle veut parler.

– Éva, tu me reconnais?

– Cher papa!

Dans un suprême effort, elle entoura le cou de son père d'un bras défaillant qui retomba aussitôt. Lorsqu'il releva la tête, il vit sur ce visage aimé le spasme de l'agonie. Elle luttait pour respirer.

– Dieu, c'est affreux! s'écria Saint-Clare en tordant la main de Tom. Tom, mon garçon! Cela me tue!

Tom pressait dans les siennes les deux mains de son maître. Les larmes ruisselaient de ses yeux levés vers le ciel: il cherchait l'aide là-haut, d'où il l'attendait toujours.

– Prie que ce soit court! murmura Saint-Clare.

– Béni soit le Seigneur! c'est fini! cher maître, regardez!

– Éva! dit doucement Saint-Clare.

Elle n'entendit pas.

RÉUNION

Les semaines se succédaient. Le flot de la vie avait repris son cours. L'impitoyable réalité, indifférente à nos chagrins, nous saisit et nous plie à sa marche monotone. La froide et mécanique habitude de vivre survit à la vie même.

Tout l'intérêt, tout l'espoir de Saint-Clare s'était, à son insu, concentré sur sa fille. Il lui semblait maintenant n'avoir plus rien à prévoir, plus rien à faire ici-bas.

Pourtant, d'une certaine manière, il était devenu un autre homme. Il lisait sérieusement et honnêtement la Bible de sa petite Éva. Ses rapports avec ses domestiques le préoccupaient, assez pour le rendre mécontent de sa conduite passée et présente. Peu après son retour en ville, il entama les démarches nécessaires à l'émancipation de Tom. Cependant, chaque jour l'attachait davantage à ce fidèle serviteur. Personne au monde ne lui rappelait autant Éva.

– Eh bien, Tom, lui dit-il, je vais faire de toi un homme libre. Tiens-toi prêt à partir pour le Kentucky.

L'éclair de joie qui brilla sur la figure de Tom déconcerta Saint-Clare. Il lui déplaisait que Tom fût si joyeux de le quitter.

– Tu n'as pas eu la vie si rude ici, pour être si heureux de la quitter, dit-il sèchement.

– Non, maître ! Ce n'est pas ça, c'est d'être un *homme libre* ! Voilà ce qui me réjouit.

– Mais, Tom, jamais, avec tes dix doigts, tu n'aurais pu gagner de quoi te vêtir et te nourrir comme tu l'as été chez moi.

– Je le sais, maître Saint-Clare. Le maître a été bien bon, trop bon, mais j'aimerais mieux avoir de pauvres habits, une pauvre case, tout pauvre, et l'avoir *à moi*, que d'avoir tout beau à un autre homme ! Mais tant que le maître est dans la peine, je resterai avec lui.

– Tant que je serai dans la peine, Tom ? dit tristement Saint-Clare. Hélas ! quand ma peine finira-t-elle ?

– Le jour où le maître Saint-Clare sera chrétien, répondit Tom.

– Et tu voudrais rester jusqu'à ce jour ? reprit Saint-Clare, souriant à demi comme il posait la main sur l'épaule de Tom. Ah ! mon pauvre garçon ! je ne te garderai pas jusque-là. Va retrouver ta femme et tes enfants, et dis-leur que je les aime pour l'amour de toi !

– J'ai foi que le jour viendra, reprit Tom avec ferveur. Le Seigneur a de l'ouvrage pour le maître.

Ici, la conversation fut interrompue par l'annonce de quelques visites.

Marie Saint-Clare ressentait la perte d'Éva aussi

profondément qu'il lui était donné de ressentir quelque chose.

Miss Ophélia ressentait aussi cette perte, mais son âme loyale et vaillante en tirait un enseignement pour la vie éternelle. Elle se montrait plus facile et plus douce, plus patiente aussi avec Topsy. Elle n'évitait plus le contact de l'enfant et n'avait pas à dissimuler un dégoût mal réprimé, car elle ne l'éprouvait plus. Topsy n'était pas devenue une sainte, mais la vie et la mort d'Éva avaient opéré en elle un changement notable. La sensibilité, l'espoir, le désir de bien faire s'étaient éveillés en elle.

Un jour que miss Ophélia l'avait envoyée chercher, elle entra en cachant précipitamment quelque chose contre elle.

– Donne-moi ça ! dit miss Ophélia d'un ton ferme.

Topsy hésita, mais finit par tirer de son sein un petit paquet roulé dans le pied d'un vieux bas.

Miss Ophélia retourna le bas. Il s'y trouvait un petit livre donné à Topsy par Éva : il contenait un verset de l'Écriture sainte pour chaque jour de l'année.

Saint-Clare, qui assistait à la scène, fut profondément ému. Le petit livre avait été roulé dans une longue bande de crêpe noir, arrachée aux draperies mortuaires.

– Pourquoi as-tu mis cela autour du livre ? lui demanda Saint-Clare en soulevant le crêpe.

– Pa'ce que... pa'ce que ça venait de miss Éva. Oh ! ne le retirez pas ! S'il vous plaît !

Elle s'assit par terre et, se couvrant la figure de son tablier, sanglota de toutes ses forces.

Saint-Clare sourit, mais il y avait des larmes dans ses yeux, lorsqu'il dit :

– Allons, ne pleure pas ; je te le rends.

Et il s'exécuta avant d'entraîner miss Ophélia au salon.

– Je crois réellement que vous pourrez en tirer quelque chose, dit-il en désignant l'enfant du doigt. Toute âme capable de ressentir une douleur sincère est capable de faire le bien.

– La petite a fait de gros progrès, répondit miss Ophélia, mais, Augustin – elle appuya sa main sur le bras de Saint-Clare –, il faut que je vous demande une chose : à qui appartient-elle ? À vous ou à moi ?

– Je vous l'ai donnée, répliqua Augustin.

– Pas légalement. Je veux l'avoir à moi de par la loi. Je veux qu'elle soit à moi afin d'avoir le droit de la conduire dans un État libre et de lui donner sa liberté. Alors seulement tout ce que j'ai tenté de faire ne sera pas inutile. Vous avez réellement envie de me la donner ? Alors faites-moi un acte légal, une donation en bonne et due forme.

– Bien, je le ferai, dit Saint-Clare.

Il s'assit et ouvrit le journal.

– Mais je veux que la chose se fasse tout de suite. Voici du papier, une plume, de l'encre, écrivez.

– Qu'y a-t-il ? Ne pouvez-vous vous fier à ma parole ?

– Je veux être sûre de mon droit, dit miss Ophélia. Vous pouvez mourir ou faire faillite, et alors Topsy serait mise à l'encan.

– Vous êtes, en vérité, d'une merveilleuse prévoyance ! Eh bien, puisque je suis entre les mains d'une Yankee, il ne me reste plus qu'à céder.

Saint-Clare rédigea rapidement l'acte de donation.

– Là ! dit-il en tendant le document à sa cousine. Topsy est maintenant à vous corps et âme.

– Elle n'est pas plus à moi qu'auparavant, répliqua miss Ophélia. Dieu seul a le droit de me la donner. Mais, du moins, maintenant, je peux la protéger. Augustin, ajouta-t-elle brusquement, avez-vous pris des dispositions pour vos gens, si vous veniez à disparaître ?

– Non, répondit Saint-Clare.

– Alors votre indulgence pour eux peut se révéler un jour une grande cruauté.

Saint-Clare s'était souvent fait la même réflexion. Il répondit pourtant avec désinvolture :

– Apercevez-vous par hasard chez moi

quelque signe avant-coureur de la fièvre jaune ou du choléra, que vous mettiez tant de zèle à mes arrangements d'outre-tombe ?

– Au milieu de la vie, nous touchons à la mort, repartit gravement miss Ophélia.

– Dieu seul sait l'avenir, dit Saint-Clare. Je suis plus brave qu'autrefois parce que j'ai tout perdu, et celui qui n'a rien à perdre peut tout risquer.

– Qu'allez-vous faire ?

– Mon devoir, j'espère, envers les pauvres et les humbles, à commencer par mes propres domestiques. Un jour peut-être, plus tard, pourrai-je faire quelque chose pour leur classe tout entière, quelque chose pour laver mon pays de la honte dont il se couvre aux yeux de toutes les nations civilisées.

– Croyez-vous que la nation en vienne à une émancipation volontaire ?

– Je l'ignore. Le temps est aux grandes actions. L'héroïsme et le désintéressement apparaissent çà et là sur cette terre. Les nobles de Hongrie, au détriment d'immenses fortunes, ont affranchi des millions de serfs. Peut-être se trouvera-t-il aussi parmi nous des âmes généreuses, qui n'escompteront pas l'honneur et la justice par dollars et deniers. Supposez que nous nous levions demain et que nous affranchissions ces millions d'esclaves, qui les instruira ? qui leur apprendra à user de leur liberté ? Votre philanthropie chrétienne sera-t-elle assez robuste pour se charger de les éduquer ? Vous envoyez des milliers de dollars aux missions étrangères, mais admettriez-vous des païens dans vos villes et dans vos villages ? Donneriez-vous de votre temps, de vos pensées, de votre argent, pour en faire des chrétiens ? Voilà ce que je veux savoir. Si nous émancipons, éduquerez-vous ? Quels marchands me prendraient Adolphe, si je voulais en faire un commis ?

– Je suis persuadée qu'il y a dans le Nord beaucoup de braves gens, qui n'ont besoin que d'être bien renseignés sur ce devoir pour le remplir. Il y aurait certainement plus d'abnégation à recevoir des païens parmi nous qu'à leur envoyer des missionnaires, mais je crois que nous le ferions.

– Vous le feriez, *vous*, dit Saint-Clare, je n'en doute pas.

Miss Ophélia ne répliqua rien. Saint-Clare se promena de long en large pendant quelques minutes, puis prit son chapeau et sortit.

Tom le suivit jusqu'à la cour et lui demanda s'il devait l'accompagner.

– Non, mon garçon, dit Saint-Clare. Je serai de retour dans une heure.

Tom s'assit sur la véranda. Il pensait au logis : il allait bientôt être un homme libre, libre de retourner là-bas. Tout en songeant, il s'endormit, puis fut réveillé en sursaut par de grands coups frappés à la porte et par des bruits de voix.

Il se hâta d'ouvrir. Des hommes entrèrent, ils marchaient d'un pas lourd et parlaient bas. Ils portaient un corps enveloppé d'un manteau, couché sur une civière. Une lumière éclaira le visage. Tom poussa un cri d'effroi et de désespoir qui retentit dans toute la maison. Les hommes avancèrent avec leur fardeau vers la porte ouverte du salon, où tricotait miss Ophélia.

Saint-Clare était entré dans un café pour lire le journal du soir. Là, deux hommes à moitié ivres s'étaient pris de querelle. Il avait joint ses efforts à ceux de deux ou trois personnes pour les séparer et, en cherchant à désarmer l'un des hommes, il avait reçu un coup de couteau dans le côté.

La maison se remplit bientôt de cris, de gémissements et de lamentations. Tom et miss Ophélia conservaient seuls quelque présence d'esprit: Marie avait des convulsions et des crises nerveuses.

Saint-Clare posa sa main sur celle de Tom, agenouillé près de lui, et lui dit:

– Tom! mon pauvre garçon!

– Eh bien, maître? dit Tom avec anxiété.

– Je meurs! Prie!

Et Tom pria de tout son esprit, de toutes ses forces, pour cette âme qui passait, pour cette âme que semblaient révéler tout entière deux grands yeux bleus et mélancoliques.

Quand Tom eut fini de prier, Saint-Clare pressa sa main, mais ne dit rien. Il ferma les yeux sans lâcher cette main, car, aux portes de l'éternité, la main noire et la main blanche se serrent d'une égale étreinte.

LES DÉLAISSÉS

Il n'est pas sur terre créature plus isolée, plus dépourvue de protection, plus à plaindre, que l'esclave qui perd un bon maître.

Après la mort d'un père, il reste à l'enfant la protection de ses amis et de la loi. Il est quelqu'un et peut faire quelque chose. Il a des droits et une position reconnue. L'esclave, lui, n'a rien de tout cela. Aux yeux de la loi, il est une marchandise, rien de plus. Quand le maître disparaît, tout finit avec lui.

Peu d'hommes usent avec justice et générosité d'un pouvoir sans limites : tout le monde sait cela, mais l'esclave le sait mieux que personne. Il sait que, pour un maître bienveillant, il s'en trouve dix cruels et tyranniques. Aussi le deuil d'un bon maître est-il long et profond pour les pauvres abandonnés qu'il laisse derrière lui.

Saint-Clare avait à peine rendu son dernier soupir que la terreur et la consternation s'emparèrent de tous.

Le jour des funérailles arriva, avec son cortège obligé de crêpes funèbres, de prières et de figures graves. Puis les vagues boueuses de la vie quotidienne roulèrent comme auparavant et vint alors l'éternelle question : que faire maintenant ?

Marie avait eu plusieurs conférences avec son avoué : il avait été arrêté qu'on vendrait l'habitation ainsi que tous les esclaves, hormis ceux qui lui appartenaient en propre et qu'elle ramènerait avec elle chez son père.

– Sais-tu, Tom que nous allons tous être vendus ! dit un jour Adolphe. J'étais caché derrière les rideaux pendant que la maîtresse parlait à l'avoué. Dans quelques jours, nous serons tous envoyés au marché.

– La volonté du Seigneur soit faite ! dit Tom, les bras croisés, en poussant un profond soupir.

– On ne retrouvera jamais un maître comme le nôtre, reprit Adolphe d'un ton craintif, mais j'aime encore mieux être vendu que de rester avec la maîtresse.

Tom alla trouver miss Ophélia, qui, depuis la mort d'Éva, l'avait toujours traité avec une bienveillance pleine de respect.

– Miss Phélie, dit-il, maître Saint-Clare m'avait promis ma liberté. Il avait commencé les démarches. Peut-être que, si miss Phélie avait la bonté d'en parler à la maîtresse, elle voudrait bien finir la chose, rien que pour faire comme voulait le maître Saint-Clare.

– Je parlerai pour toi, Tom, et ferai de mon mieux, répondit miss Ophélia. Mais, si la chose dépend de Mme Saint-Clare, je n'ai pas grande espérance. Enfin, j'essaierai.

Résolue à se montrer aussi conciliante que possible, elle prit son tricot et s'achemina vers la chambre de Marie pour y négocier l'affaire de Tom.

– Il y a une chose dont je voulais vous parler, cousine, dit miss Ophélia. Augustin avait promis à Tom de lui rendre la liberté ; il avait même entamé les démarches nécessaires. J'espère que vous voudrez bien les terminer.

– Certainement pas, riposta Marie avec aigreur. Tom est de tous les domestiques celui qui vaut le plus cher. On ne saurait consentir pareil sacrifice. D'ailleurs, qu'a-t-il besoin de liberté ? Il est infiniment mieux comme il est.

– Mais il désire vivement sa liberté, et son maître la lui avait promise, insista miss Ophélia.

– Je n'en doute pas, répliqua Marie. Ils en sont tous là, précisément parce que c'est un ramassis de mécontents qui veulent toujours avoir ce qu'ils n'ont pas. Je suis contre l'émancipation. Tenez le Nègre sous la férule du maître, et il se comportera à peu près bien, mais, si vous l'affranchissez, il ne voudra plus travailler, deviendra paresseux, ivrogne. J'en ai vu des centaines d'exemples. Ce n'est pas leur rendre service que de les affranchir.

– Mais considérez, dit miss Ophélia, qu'en le mettant en vente, vous l'exposez à tomber entre les mains d'un mauvais maître.

– Balivernes! Il n'arrive pas une fois sur cent qu'un bon sujet tombe sur un mauvais maître. La plupart des maîtres sont bons, quoi qu'on en dise.

– Eh bien! dit miss Ophélia avec énergie, je sais que l'un des derniers vœux de votre mari était que Tom ait sa liberté. C'était une promesse qu'il avait faite à la chère petite Éva sur son lit de mort. Je n'imaginais pas que vous puissiez vous en croire dégagée.

Marie se couvrit le visage de son mouchoir et eut recours à son flacon de sels.

– Tout le monde est contre moi! dit-elle. Personne n'a le moindre égard! Venir ainsi réveiller tous mes chagrins! C'est un manque d'égards inouï!

Elle sanglota, respira convulsivement, cria à Mammy d'ouvrir la fenêtre, de lui apporter du camphre, de lui frotter la tête et de délacer sa robe. Au milieu de la confusion générale qui s'ensuivit, miss Ophélia s'esquiva et rentra dans son appartement.

Elle vit qu'elle ne gagnerait rien à insister, car Marie avait une capacité d'attaques de nerfs inépuisable, qu'elle convoquait chaque fois qu'on faisait allusion aux derniers désirs de son mari ou d'Éva en faveur des esclaves. Miss Ophélia fit donc ce qui lui restait de mieux à faire pour Tom: elle écrivit à Mme Shelby afin de lui demander son aide.

Le lendemain, Tom, Adolphe et une demi-douzaine de leurs compagnons furent conduits à un dépôt d'esclaves, afin d'y attendre le bon plaisir du marchand qui devait en faire un lot pour la vente.

UN DÉPÔT D'ESCLAVES

Un dépôt d'esclaves! Ce mot évoque peut-être d'horribles visions à mes lecteurs: ils se figurent sans doute un antre obscur, immonde, quelque affreux Tartare. Ils se trompent. De nos jours, l'art de faire le mal s'est perfectionné: on y met de l'adresse, de la recherche, on évite avec soin tout ce qui pourrait choquer les yeux, offenser les sens de la bonne société. La marchandise humaine est en hausse; en conséquence, on la nourrit bien, on la nettoie, on l'étrille, on la soigne, afin qu'elle arrive au marché propre, forte et luisante. Un dépôt d'esclaves, à La Nouvelle-Orléans, est une maison bien tenue, qui ne diffère pas, extérieurement du moins, des autres magasins, et où vous pouvez voir chaque jour, alignés sous une sorte de hangar, dans la rue, des rangées d'hommes et de femmes, échantillons de la marchandise qui se vend à l'intérieur.

On vous priera, de la façon la plus courtoise, d'entrer, d'examiner, et vous trouverez abondance de maris, de femmes, de frères, de sœurs, de pères, de mères, de jeunes enfants, à vendre séparément ou par lots, à la convenance de l'acquéreur.

Des hommes de toutes les nations vont et viennent, sous un dôme splendide, sur un pavé de marbre. De chaque côté de l'arène circulaire se dressent de petites tribunes à l'usage des commissaires-priseurs et des crieurs. Deux d'entre eux, gens instruits et de bonne mine, s'efforcent, dans un sabir moitié anglais moitié français, de vanter la marchandise et de faire monter les enchères. Une troisième tribune, encore vide, est entourée d'un groupe qui attend l'ouverture de la vente. Au premier rang figurent les domestiques de Saint-Clare : Tom, Adolphe et leurs camarades. Différents spectateurs, venus sans intention précise d'acheter, se pressent autour des articles à vendre, les palpent, les inspectent et discutent de leur valeur et de leur physique, comme des jockeys le feraient autour d'un cheval.

Tom cherchait avec anxiété dans la foule une figure qu'il aurait voulu appeler maître. Si vous vous trouviez, lecteur, dans la nécessité de choisir entre deux cents hommes un maître absolu, arbitre souverain de votre destinée, peut-être, comme Tom, en trouveriez-vous bien peu auxquels il vous plût d'appartenir. Tom vit toutes sortes d'individus, des gros, des grands, des fluets, des petits, des bavards, des faces allongées, rondes ou osseuses, mais surtout des hommes communs et grossiers, qui achètent leurs semblables comme on achète des copeaux pour les mettre dans un panier ou les jeter au feu... avec une égale insouciance. Tom eut beau chercher, il ne vit pas un seul Saint-Clare.

Un peu avant la vente, un personnage trapu et musclé, dont la chemise sale laissait voir la poitrine nue, et qui portait un pantalon râpé, maculé de boue, se fraya un chemin dans la foule en homme qui expédie rondement les affaires. Il approcha du groupe et se livra à un minutieux examen. Dès que Tom l'aperçut, il se sentit pris d'une horreur instinctive. Cette répulsion augmentait à mesure que l'homme avançait. Il saisit Tom par la mâchoire, inspecta ses dents, lui ordonna de relever sa manche pour montrer ses muscles, le fit tourner, sauter, courir, afin d'évaluer la force de ses jambes.

– Où as-tu été dressé ? demanda-t-il, après toutes ces investigations.

– Dans le Kentucky, répondit Tom, tout en cherchant de l'œil un libérateur.

– Qu'est-ce que tu y faisais ?

– Je régissais la ferme du maître.

– Ben voyons ! La belle fable !

Et l'homme passa son chemin. Il fit une pause devant Adolphe, regarda ses bottes vernies, les aspergea d'un énorme jet de tabac et, avec un « Pouah ! » méprisant, continua son inspection.

Adolphe fut adjugé pour une assez grosse somme à un jeune élégant. Les autres esclaves du lot Saint-Clare échurent à divers acquéreurs.

– À ton tour, garçon ! dit le crieur à Tom.

Tom monta sur l'estrade et jeta autour de lui un regard inquiet.

Tous les sons se fondirent en un bourdonnement confus : les glapissements du crieur qui énumérait, en anglais et en français, les qualités de l'article, le feu croisé des enchères qui se succédèrent dans les deux langues, les coups de marteau et, enfin, le coup ultime accompagné de la dernière syllabe du mot « dollars », quand le commissaire-priseur proclama le prix de l'adjudication. C'en était fait, Tom avait un maître.

On le poussa hors de l'estrade. L'homme trapu à tête de taureau le prit rudement par l'épaule, l'attira à l'écart et lui dit d'une voix rauque :

– Reste là, toi !

Se traînant derrière un rude chariot, sur un chemin plus rude encore, Tom et ses compagnons avançaient péniblement.

Dans le chariot était assis Simon Legree et, à l'arrière, deux femmes, enchaînées ensemble, à côté des bagages. Toute la troupe se rendait à la plantation de Simon Legree, située à bonne distance.

Legree était joyeux et puisait de temps à autre un redoublement d'entrain dans le flacon de rhum qu'il tirait fréquemment de sa poche.

Il avait bu à un degré qui l'inclinait à se montrer gracieux, et l'approche de la plantation, dont l'enceinte commençait à apparaître, acheva de le mettre dans d'heureuses dispositions. La propriété avait d'abord appartenu à un gentleman riche et homme de goût, qui avait beaucoup investi dans ses embellissements. Mais il était mort insolvable, et Legree s'était porté acquéreur, ne voyant là, comme en toute chose, qu'un moyen supplémentaire de gagner de l'argent. La plantation avait donc cet aspect désolé que prend la terre quand elle passe des mains soigneuses à des mains négligentes.

Partout régnait le même délabrement. Quelques fenêtres de la maison étaient bouchées par des planches; les vitres des autres étaient brisées ; les volets pendaient aux murs, retenus par un seul gond.

Le sol était jonché d'immondices de tous genres : bois, paille, tonneaux défoncés, débris de caisses. Trois ou quatre chiens à l'air féroce, excités par le bruit des roues, accoururent, la gueule béante. Il fallut tous les efforts des quelques esclaves en guenilles qui les suivaient pour les empêcher de se jeter sur Tom et ses compagnons.

– Vous voyez, mes lascars ! s'écria Legree en se tournant vers eux tout en caressant ses chiens avec une hideuse satisfaction. Vous voyez ce qui vous attend si vous essayez de filer ! Ces chiens-là ont été dressés à chasser le Nègre, vous leur feriez un excellent souper. Alors, gare à votre peau ! Eh bien ! Sambo, dit-il à un Noir couvert de haillons, qui se montrait fort obséquieux avec lui. Comment les choses ont-elles marché par ici ?

– Très bien, maît'.

– Quimbo ! cria Legree à un autre, qui s'efforçait péniblement d'attirer son attention, on a fait ce que j'avais dit ?

– Je pense bien, maît' !

Ces deux Noirs étaient les principaux agents de Legree sur sa plantation. Il les avait méthodiquement dressés à la brutalité, à la cruauté, comme ses bouledogues, avec lesquels ils pouvaient rivaliser de férocité. Si le surveillant noir se montre plus tyrannique et cruel que le blanc, cela ne milite en rien contre sa race, mais signifie simplement que l'un a été plus avili, plus maltraité que l'autre. Peu importe la couleur ou la race, tout esclave sera le pire des tyrans dès qu'il aura une occasion de l'être.

Legree divisait pour régner. Sambo et Quimbo se haïssaient cordialement. Tous les esclaves de la plantation les détestaient. En les jouant l'un contre l'autre, le maître était sûr d'être toujours au fait de ce qui se tramait autour de lui.

– Ici, Sambo ! Emmène-moi ces gaillards aux quartiers. T'avais-je pas promis de t'acheter une femme ? La voilà ! ajouta-t-il en poussant vers lui une mulâtresse.

La femme tressaillit et recula en s'écriant :

– Oh ! maître, j'ai laissé mon mari à La Nouvelle-Orléans !

– Qu'est-ce que tu me viens chanter, toi ! Tu en auras un autre ici. Pas tant de paroles, marche ! fit Legree en levant son fouet.

Tom n'en entendit pas davantage, car il lui fallut suivre Sambo aux quartiers des esclaves, sorte de rue étroite entre deux rangées de huttes grossières, dans une partie de la plantation éloignée de la maison. Toutes avaient l'air délabrées et misérables. Tom se sentit défaillir à leur vue. Il s'était encouragé à la pensée d'avoir sa case, rudimentaire sans doute, un trou, mais qu'il pourrait rendre propre, tranquille, avec une tablette pour sa Bible, une petite retraite où se réfugier après un dur labeur. Il parcourut de l'œil l'intérieur de ces abris, qui ne contenaient, pour tout mobilier, qu'un tas de paille souillée, litière sale éparse sur la terre nue, battue par des pas innombrables.

– Laquelle de ces cases sera pour moi? demanda-t-il à Sambo d'un ton soumis.

– Sais pas. Là, p't-être y a encore de la place pour un. Et ici pour un autre. Y a un fier tas de Nèg's tout d'même dans chacune. S'il en vient d'autres, j'saurai pas quoi en faire!

Il était déjà tard quand parurent les habitants des huttes, troupeau harassé de fatigue, hommes et femmes à demi couverts de dégoûtants lambeaux, tristes, hargneux, fort peu disposés à accueillir de nouveaux arrivants. Les sons qui animèrent alors le misérable hameau n'avaient rien de bien attrayant: des voix grossières, rauques et gutturales, se disputaient les moulins à bras qui devaient moudre le mauvais grain sur lequel reposait l'espoir de souper. Depuis l'aube, ils étaient aux champs, à travailler sous le fouet des piqueurs, car on était au fort de la saison, et on voulait tirer de chacun tout ce qu'il pouvait donner.

À mesure que la troupe arrivait, Tom cherchait des yeux quelque physionomie sympathique: il ne vit que des hommes abrutis et revêches, des femmes découragées, à demi défaillantes, ou qui n'avaient plus de femmes que le nom.

– Prends ça ! lui cria Quimbo en lui jetant un mauvais sac de blé. Attrape-moi ça, Nèg', et prends-en garde ! C'est ta pitance de la semaine.

Tom n'eut de place aux moulins qu'à une heure fort avancée de la nuit et, touché de l'extrême détresse de deux pauvres femmes auxquelles la force manquait, il se mit à moudre pour elles et ne s'occupa qu'ensuite de son propre souper. C'était chose bien nouvelle, bien étrange en ce lieu-là, et ce petit acte de charité éveilla un écho dans ces âmes engourdies. Une expression affectueuse éclaira leurs visages. Les deux femmes pétrirent le pain de Tom et en surveillèrent la cuisson, pendant que, accroupi près du feu, il lisait quelques mots de sa Bible : il avait tant besoin de consolation...

Puis il se rendit dans la case qui lui avait été assignée. Le sol était déjà jonché de dormeurs accablés de fatigue. Une odeur infecte le fit presque reculer. Mais la rosée de la nuit tombait, pénétrante et glacée ; ses membres étaient rompus. Il s'enveloppa dans la couverture en loques qui formait tout son lit, s'étendit sur la paille et tomba endormi.

CASSY

Tom ne fut pas long à comprendre tout ce qu'il y avait à espérer ou à craindre de ce nouveau genre de vie. Travailleur habile et expérimenté, il était, en outre, prompt et fidèle, par habitude et par principe. Il espérait, à force d'application et de zèle, se préserver, du moins en partie, des maux de sa situation.

Legree nota sans rien dire les capacités de Tom. Il le rangea tout de suite comme un esclave de premier choix, tout en ressentant pour lui une sorte d'aversion, antipathie naturelle du méchant pour le bon. Tom manifestait une tendresse de cœur pleine de compassion qui, étrange et nouvelle pour ses compagnons de souffrance, était épiée d'un œil jaloux par Legree. En achetant Tom, il s'était proposé d'en faire plus tard une sorte de contremaître auquel confier ses affaires pendant de courtes absences. Et, de son point de vue, la première condition requise pour ce poste, c'était la *dureté*. Legree ne trouvait pas chez Tom cette qualité essentielle : il résolut donc de la lui inculquer.

Un matin, alors que les esclaves allaient partir pour les champs, Tom remarqua parmi eux une femme dont l'allure attira son attention. Elle était grande, svelte, vêtue décemment. Son visage était de ceux qu'on n'oublie pas. Il y avait, dans chacun de ses traits, dans chacun de ses gestes, un défi hautain et sauvage.

Tom vit qu'une habileté naturelle rendait à cette femme la tâche plus facile qu'à beaucoup d'autres : en effet, Cassy cueillait le coton très vite et très proprement, mais d'un air de dédain, comme si elle méprisait ce genre d'ouvrage et l'humiliation qui lui était imposée.

Tom travaillait auprès d'une mulâtresse achetée dans le même lot que lui. Manifestement souffrante, elle chancelait, tremblait, prête à défaillir. Il s'approcha d'elle et, sans un mot, fit passer plusieurs poignées de coton dans le panier de la malheureuse.

– Oh non ! s'écria-t-elle. Ne fais pas ça ! Tu vas t'attirer des ennuis.

Sambo survint à l'instant même. Il semblait avoir une rancune particulière contre cette femme. Dans un claquement de fouet, il lui dit d'une voix rauque :

– Alors, Lucie, je t'y prends, à frauder !

Son lourd soulier de cuir vint heurter la femme, tandis qu'il cinglait le visage de Tom d'un coup de fouet. Ce dernier reprit silencieusement sa tâche, mais Luce, épuisée, s'évanouit.

– J'vais la faire revenir, moi ! dit Sambo avec un sourire féroce. Pour ça, j'ai mieux que le camphre !

Il prit une épingle sur la manche de sa veste et

l'enfonça jusqu'à la tête dans la chair de la femme. Ainsi aiguillonnée, elle parut recouvrer une vigueur surnaturelle et se remit au travail avec l'ardeur du désespoir.

– Et chôme pas, reprit l'homme, sans quoi ce soir tu regretteras de pas être morte.

– Je le regrette déjà ! murmura-t-elle.

Tom l'entendit. Bravant le danger, il s'approcha à nouveau et déposa tout le coton de son sac dans la corbeille de Luce. Ce fut l'affaire d'une seconde.

Cassy était assez près pour entendre les dernières paroles de Tom ; elle leva vers lui ses grands yeux noirs, puis, prenant dans sa corbeille une certaine quantité de coton, elle la mit dans le sac de Tom.

– Tu ne sais rien de cet endroit, lui dit-elle, sinon tu ne ferais pas ça. Quand tu y auras passé un mois, tu en auras fini d'aider qui que ce soit ! Sauver ta peau te suffira !

– Dieu m'en préserve ! dit Tom.

– Dieu ne visite jamais ces lieux, dit la femme avec amertume.

Le même sourire dédaigneux revint plisser ses lèvres. Elle se remit à l'ouvrage et le dépêcha avec une rapidité qui éblouit Tom. Cassy travaillait comme par enchantement. La journée n'était pas finie qu'elle avait rempli sa corbeille à ras bord, quoiqu'elle eût plusieurs fois partagé son coton avec Tom. Longtemps après le coucher du soleil, les esclaves, harassés, le panier sur la tête, défilèrent pour se rendre au bâtiment où le coton était pesé et emmagasiné. Legree s'y trouvait déjà, en grande conversation avec ses deux surveillants.

– Ce Tom va nous donner du fil à retordre, dit Sambo. Je l'ai pris en train de fourrer son coton dans le panier de la Lucie ! Il est capable de faire croire à tous ces Nèg's qu'ils sont maltraités, si le maît' y a pas l'œil.

– Maudit Noir ! fit Legree. Il a besoin d'une bonne leçon, pas vrai, les garçons ? Le meilleur moyen, c'est de le charger de donner le fouet aux autres, ça lui fera la main !

– Y a aussi cette Lucie, poursuivit Sambo, la pus laide, la pus insupportable de toute la bande. Le maît' sait bien qu'elle a tenu bon cont' lui et qu'elle n'a jamais voulu de moi quand y lui a dit de me prendre. Eh bien, la Lucie a été diablement fainéante. Elle voulait rien faire du tout, et c'est Tom qui a cueilli pour elle.

– Ah ! il l'a aidée ? Eh bien, il aura le plaisir de la fouetter. Ça lui fera un excellent exercice.

Et Legree se rendit à la salle du pesage.

Épuisés, abattus, les travailleurs défilaient lentement l'un après l'autre et présentaient avec terreur leurs paniers. Legree notait le poids sur une ardoise, en regard de la liste des noms.

Le panier de Tom fut pesé et approuvé. Il attendait avec angoisse le tour de la femme qu'il avait aidée.

Elle s'approcha, chancelante. Sa corbeille avait le poids requis. Pourtant, Legree s'écria, feignant la colère :

– Bête paresseuse ! Il t'en manque encore. Range-toi sur le côté, tu auras ton compte tout à l'heure.

La femme poussa un gémissement désespéré et s'effondra sur un banc.

– Maintenant, à nous deux, Tom ! fit Legree. Je ne t'ai pas acheté pour faire l'ouvrage commun. Je veux te donner de l'avancement et faire de toi un surveillant. Dès ce soir, tu vas commencer à te faire la main. Prends-moi cette fille et fouette-la ! Tu en as vu assez pour savoir comment on s'y prend.

– Je demande pardon au maître, dit Tom, mais j'espère que le maître ne me mettra pas à cette besogne. Je n'en ai pas l'habitude. Je n'ai jamais fait ça, je ne peux pas, c'est impossible.

– Tu apprendras beaucoup de choses que tu ne sais pas, avant que j'en aie fini avec toi ! dit Legree.

Il saisit un nerf de bœuf et en cingla la joue de Tom – ce premier coup fut suivi d'une grêle d'autres.

– Là ! dit-il en s'arrêtant pour reprendre

haleine. Vas-tu encore me dire que tu ne peux pas le faire ?

– Oui, maître, reprit Tom, tandis que, du revers de la main, il essuyait le sang qui ruisselait sur son visage. Je suis prêt à travailler de nuit comme de jour, à travailler tant qu'il y aura en moi un souffle de vie, mais faire ce que je crois n'être pas juste, jamais, je ne le ferai *jamais* !

Legree parut tout d'abord stupéfait, confondu ; puis il laissa éclater sa rage.

– Comment, maudite bête noire, tu oses me dire que tu ne crois pas juste de faire ce que je te commande ! Tu prétends que c'est mal de fouetter cette fille ?

– Je le crois, maître, répliqua Tom. La pauvre créature est faible et malade – ce serait cruel de la fouetter. Maître, si vous voulez me tuer, tuez-moi, mais quant à lever la main sur quelqu'un ici, je ne le ferai pas. Plutôt mourir.

Tom parlai avec un calme qui ne laissait aucun doute sur la fermeté de sa décision. Legree tremblait de fureur ; ses yeux verts étincelaient d'un feu sauvage, le poil de sa barbe se hérissait de colère.

– Ne suis-je pas ton maître ? N'ai-je pas payé douze cents dollars pour tout ce qu'il y a dans ta maudite carcasse noire ? N'es-tu pas à moi, corps et âme ? dit-il en assenant à Tom un violent coup de pied de sa lourde botte. Réponds !

– Non, non ! Mon âme n'est pas à vous, maître ! Vous ne l'avez pas achetée, vous ne pouvez pas la payer !

– Sambo ! Quimbo ! Donnez à ce chien une volée dont il ne se relèvera pas avant un mois !

Les deux gigantesques Noirs s'emparèrent de Tom avec une joie démoniaque. La pauvre mulâtresse poussa un cri d'effroi, et tous, sous l'effet d'une impulsion générale, se levèrent au moment où Tom, qui n'opposait aucune résistance, fut traîné hors de la pièce.

LIBERTÉ

Laissons un moment le pauvre Tom aux mains de ses persécuteurs pour retourner dans la ferme où nous avons laissé Georges et sa femme.

On se rappelle Tom Loker gémissant et s'agitant dans un lit quaker, sous la surveillance maternelle de tante Dorcas, qui trouvait son patient aussi traitable qu'un bison malade.

Imaginez une grande femme, digne et réservée, dont le bonnet de mousseline claire surmonte des vagues de cheveux argentés. Un fichu de crêpe blanc comme neige se croise sur sa poitrine. Sa robe de soie fait entendre un paisible frou-frou, quand elle va et vient dans la chambre.

– Au diable ! s'écria Loker en jetant les draps de côté.

Dorcas enleva le couvre-pieds, lissa les draps et les borda de telle sorte que Tom avait l'air d'une chrysalide.

– Je voudrais bien, dit-elle, qu'au lieu de jurer et tempêter, tu songes un peu à tout ce que tu as fait.

– Pourquoi y songerais-je ? C'est bien le cadet de mes soucis ! Le gars et la fille sont ici, je suppose ? ajouta Tom d'un ton bourru.

– Ils sont ici, répondit Dorcas.

– Ils feraient bien de passer le lac, le plus tôt sera le mieux.

– C'est probablement ce qu'ils vont faire...

– Eh bien, nous avons des correspondants à Sandusky, qui surveillent les bateaux pour nous. Je peux bien le dire maintenant. J'espère qu'ils se sauveront, ne serait-ce que pour faire enrager ce chien de Marks, le maudit lâche !

Avant de prendre définitivement congé de Tom Loker, nous devons ajouter qu'après trois semaines passées dans la maison quaker, il quitta le lit un peu plus triste, mais aussi un peu plus sage. Renonçant à traquer les esclaves, il s'établit dans une colonie où, devenu chasseur de loups, d'ours et autres habitants des forêts, il s'acquit une certaine renommée. Lorsqu'il parlait des quakers, c'était toujours avec respect : « De braves gens, disait-il. Ils auraient voulu me convertir, mais il y avait toujours quelque chose qui clochait! »

D'après les renseignements fournis par Tom, les fugitifs jugèrent prudent de se séparer. Jim et sa vieille mère partirent les premiers. Une ou deux nuits plus tard, Georges, Élisa et leur fils furent conduits à Sandusky et logés sous un toit hospitalier, en attendant de s'embarquer le lendemain sur le lac.

La nuit touchait au matin, et l'étoile de la liberté brillait devant eux. Liberté!

Pourquoi, hommes et femmes d'Amérique, le sang de votre cœur bouillonne-t-il à ce mot? Ce mot qui est cher et glorieux pour une nation ne l'est pas moins pour un homme! Qu'est-ce que la liberté d'un peuple, sinon la liberté des individus qui le composent? Qu'est-ce que la liberté pour Georges Harris? Pour vos pères, la liberté était le droit qu'a toute nation d'être une nation. Pour lui, c'est le droit qu'a tout homme d'être un homme, le droit d'appeler la femme de son cœur sa femme, le droit de la défendre contre toute violence illégale, le droit de protéger et d'élever son enfant, le droit d'avoir sa maison à lui, sa religion à lui, ses principes à lui, sans dépendre de la volonté d'un autre.

Toutes ces pensées roulaient dans la tête de Georges. Le jour était superbe; les vagues bleues du lac Érié scintillaient et dansaient au soleil. Le bateau avançait rapidement. Les heures fuyaient, et l'heureux rivage anglais apparut enfin, clair et distinct, rivage dont le seul contact dissipe la magie noire de l'esclavage.

La cloche sonnait : le bateau accosta. Sachant à peine ce qu'il faisait, Georges rassembla les bagages, réunit son monde, et le petit groupe débarqua.

Qui pourrait dire la plénitude de joie de ce premier jour de liberté ? Ce sens de la liberté n'est-il pas plus précieux, plus noble, qu'aucun de nos cinq autres sens ? Agir, parler, respirer, sortir, rentrer, sans contrôle et sans danger ! Pourtant, ces réfugiés n'avaient pas un pouce de terre à eux, pas un toit où s'abriter. Ils avaient dépensé jusqu'à leur dernier dollar. Mais ils avaient ce qu'ont les oiseaux dans les airs et les fleurs dans les champs...

LA VICTOIRE

Plus d'un, parmi nous, n'a-t-il pas senti combien, à certaines heures, il lui aurait été plus facile de mourir que de vivre ?

Lorsque, face à son bourreau, Tom entendit ses menaces, il crut, du fond de l'âme, sa dernière heure venue, et son cœur se gonfla de courage. Il lui semblait qu'il pourrait supporter les tortures, le feu, tout, avec, si proche de lui, l'image de Jésus et du ciel. Mais quand son bourreau fut parti, alors vint la douleur de ses membres meurtris, la pleine conscience de son état : il était avili, abandonné et sans aucun espoir.

Longtemps avant que ses plaies soient guéries, Legree insista pour qu'il reprenne le travail des champs. Au fort de la saison, plus de dimanches, ni arrêt, ni repos : Legree poussait toutes ses mains sans relâche. Et pourquoi pas ? Il faisait ainsi plus de coton. S'il usait quelques Nègres de plus ? Eh bien ! il en rachèterait de meilleurs.

Une nuit, tous les habitants de la case de Tom dormaient profondément, lorsqu'il fut réveillé en sursaut. Il vit apparaître le visage de Cassy par le trou qui tenait lieu de fenêtre. Elle l'appela au-dehors avec un geste silencieux.

Tom sortit de la case. Il pouvait être une ou deux heures du matin. La lune brillait, paisible, large et pure. Lorsque sa lueur tomba sur les grands yeux noirs de Cassy, Tom en remarqua l'éclair flamboyant, si différent de leur expression habituelle de morne désespoir.

– Ici, père Tom, dit-elle. Viens !

Et, posant sa petite main sur le robuste poignet du Noir, elle l'entraîna avec autant de force que si ses doigts avaient été d'acier.

– Que se passe-t-il, demoiselle Cassy ? demanda Tom avec anxiété.

– Tom, souhaites-tu la liberté ?

– Je l'aurai, demoiselle, quand Dieu voudra.

– Tu peux l'avoir cette nuit même, dit Cassy avec énergie. Il dort profondément. J'ai mis ce qu'il fallait dans son rhum pour que le sommeil dure longtemps. Si j'en avais eu davantage, je n'aurais pas eu besoin de ton aide. Mais, viens ! La porte de derrière est entrebâillée. Il y a une hache à côté. C'est moi qui l'y ai mise. La porte de sa chambre est ouverte… J'aurais tout fait moi-même, mais j'ai les bras trop faibles. Viens !

– Non, demoiselle Cassy ! dit Tom avec fermeté, en la retenant comme elle voulait l'entraîner.

– Tom, pense à tous ces malheureux que nous pouvons affranchir d'un coup ! Après, nous irons vivre quelque part dans les marécages, sur une île. Pareilles choses se sont faites, je le sais. N'importe quelle vie sera meilleure que la nôtre !

– Non ! dit résolument Tom. Non ! Jamais le bien ne vient du mal. Je préférerais me couper la main !

– Alors je le ferai seule, dit Cassy.

Tom se jeta devant elle.

– Pour l'amour du cher Seigneur qui est mort pour nous, ne vends pas ta précieuse âme au démon ! Du mal ne peut venir que du mal. Le Seigneur ne nous a pas appelés à la vengeance ; nous devons souffrir et attendre Son heure. Oh !

que le Seigneur nous vienne en aide, nous apprenne à Le suivre et à aimer aussi ceux qui nous haïssent !

– Aimer ! répéta Cassy avec un regard de fauve. Aimer de tels ennemis ! Oh ! ce n'est pas possible à des êtres de chair et de sang !

– Non, demoiselle, ça ne l'est pas. Mais Lui peut nous l'inspirer, et là est la *victoire*. Quand nous pouvons aimer et prier partout et malgré tout, il n'y a plus de combat, la victoire est gagnée !

La profonde ferveur de Tom, la douceur pénétrante de sa voix, ses larmes, tombèrent comme de la rosée sur l'âme enfiévrée de la femme. Elle baissa les yeux.

– Demoiselle Cassy, reprit Tom après l'avoir dévisagée un moment en silence, si la chose est possible, je te conseillerai de fuir sans meurtre ni sang répandu, mais pas autrement.

– Tenteras-tu ta chance, toi aussi ? lui demanda Cassy.

– Non, il fut un temps où je l'aurais fait, mais le Seigneur m'a confié une tâche à remplir auprès de ces malheureux. Je vais rester avec eux et, avec eux, porter ma croix jusqu'au bout. Mais toi, essaie, et je prierai de toute mon âme – je prierai pour toi.

Par quelle étrange loi se fait-il qu'une idée longtemps repoussée étincelle soudain d'une lumière nouvelle ? Cassy avait si souvent roulé dans sa tête des plans d'évasion, et les avait tous rejetés comme impossibles... et voici qu'un projet lui apparaissait, si simple, si facile dans tous ses détails, qu'elle se sentit soudain pleine d'espérance.

– Père Tom, je vais essayer !

– Amen, dit Tom. Le Seigneur te vienne en aide !

LE STRATAGÈME

Le grenier de Simon Legree était, comme tous les greniers, un vaste espace désolé, poussiéreux, tapissé de toiles d'araignée, sorte de capharnaüm encombré de rebuts et de meubles jadis splendides et aujourd'hui vermoulus, importés par l'opulente famille qui avait autrefois habité la plantation, puis oubliés par elle et relégués dans les combles. C'était un lieu repoussant et sépulcral, mais, tout lugubre qu'il était, les légendes qui circulaient parmi les Nègres superstitieux en centuplaient les terreurs.

Quelques années plus tôt, une Négresse qui avait encouru la disgrâce de Legree y avait été enfermée pendant plusieurs semaines. Que s'y passa-t-il alors ? Nous ne le dirons pas. Les esclaves n'en parlaient qu'avec de ténébreux murmures. On savait seulement que le cadavre de la malheureuse avait été descendu de là-haut et enterré. Depuis, des blasphèmes, des imprécations, le bruit de coups violents mêlé à des cris lamentables, à des gémissements désespérés, se faisaient entendre, assurait-on, dans ce lieu redoutable. La première fois que la rumeur vint aux oreilles de Legree, il entra dans une violente colère et jura que le premier qui en reparlerait serait enchaîné dans le grenier pendant une semaine. La menace mit un terme aux bavardages, mais n'affaiblit en rien la croyance qu'on avait dans l'histoire.

Peu à peu, chacun évita l'escalier qui menait au grenier, et la légende tombait dans l'oubli lorsqu'il vint à l'esprit de Cassy de raviver les terreurs superstitieuses de Legree pour tenter l'évasion.

Cassy dormait immédiatement au-dessous du grenier. Un jour, sans consulter Legree, elle prit sur elle de faire ostensiblement transporter tous les meubles dans une pièce à l'autre extrémité de la maison. Les esclaves chargés d'opérer le déménagement allaient, venaient, couraient, rivalisant de zèle et de désordre, lorsque Legree rentra d'une promenade à cheval.

– Eh bien, Cassy, qu'est-ce qui te prend?

– Je veux changer de chambre, répliqua-t-elle. Je voudrais pouvoir dormir de temps en temps.

– Dormir? Eh bien, qui t'empêche de dormir?

– Oh ! rien : des gémissements, des coups, des corps qui roulent sur le plancher la moitié de la nuit.

Legree se mit à jurer et leva sa cravache pour la frapper, mais elle s'esquiva. Cassy vit que le trait avait porté. Elle s'appliqua, dès lors, avec la plus habile persévérance, à poursuivre l'œuvre entamée.

Elle planta dans un trou de la toiture le goulot d'une vieille bouteille ; le plus léger souffle de vent s'y engouffrait avec un sifflement lugubre et lamentable, qui, dans les bourrasques, résonnait aux oreilles effrayées comme autant de cris d'épouvante et de désespoir.

Ces bruits ravivèrent chez les esclaves les anciennes histoires de revenants. Une peur panique s'empara de toute la maison, et Legree se trouva plongé dans une atmosphère de terreur.

Il n'est pas d'homme plus superstitieux que l'athée. Pour lui, la mort et la vie sont peuplées de fantômes, vagues objets d'horreur et d'effroi.

L'empire de Cassy sur Legree était d'une étrange nature. Il était son maître, son tyran, son bourreau, il la savait complètement en son pouvoir, et pourtant elle le dominait, et il la redoutait tout en la tyrannisant.

Cassy continua son petit jeu. Legree aurait préféré mettre sa tête dans la gueule d'un lion, plutôt que d'explorer le grenier maudit. Cependant, elle s'y rendait chaque nuit et y accumula peu à peu assez de vivres pour y pouvoir subsister quelques jours. Ces arrangements terminés, elle attendit une occasion favorable et, se glissant sous les solives, un soir, s'installa dans le réduit.

Elle fut réveillée par de violentes clameurs, accompagnées du galop des chevaux et de l'aboiement des chiens. Enfin, à minuit, le silence se fit dans la maison.

LE MARTYR

La fuite de Cassy poussa le caractère déjà violent de Legree au dernier degré d'irritation, et, comme on pouvait s'y attendre, toute sa rage tomba sur la tête de Tom, innocent et sans défense. Lorsque le maître annonça aux esclaves la nouvelle de l'évasion, l'éclair de joie dans les yeux de Tom, le mouvement instinctif de ses mains levées, ne lui échappèrent pas. La haine, qui fermentait dans son sein contre son humble esclave, prit tout à coup des proportions formidables. Cet homme ne le bravait-il pas, ferme, inflexible, indomptable, et cela depuis le jour où il l'avait acheté ?

– Quimbo, dit-il, va chercher ce vieux drôle. Il était au courant. Je vais arracher son secret à sa vieille peau noire.

Tout en se détestant l'un l'autre, Sambo et Quimbo nourrissaient pour Tom une haine commune. Ce fut donc fort joyeusement que Quimbo s'acquitta de sa mission.

En recevant le message, Tom eut un pressentiment : il était au fait du plan d'évasion, du lieu de refuge. Il n'ignorait, ni l'implacable et terrible nature de l'homme auquel il avait affaire, ni son pouvoir despotique, mais, fort de l'aide de Dieu, il était prêt à braver la mort plutôt que de trahir la pauvre fugitive.

Entraîné par Quimbo, il vit les arbres, les buissons, les huttes, tous les témoins de sa dégradation, tourbillonner et disparaître. Il avait le cœur battant ; l'heure de la délivrance était proche !

– Tom, lui dit Legree en marchant droit sur lui, sais-tu que j'ai décidé de TE TUER ?

– C'est très possible, maître, répondit Tom avec le plus grand calme.

– Prends garde ! reprit Legree. Je – le – ferai –, entends-tu, Tom ? à moins que tu ne me dises ce que tu sais !

– J'ai rien à dire, maître, reprit Tom d'une voix lente, ferme et résolue.

– Oseras-tu soutenir, chien de chrétien noir, que tu ne sais rien ? dit Legree.

– Je sais, maître, mais je ne peux rien dire. Je peux mourir.

Legree respira fortement et, contenant sa

fureur, prit Tom par le bras, approcha son visage tout contre le sien et dit d'une voix terrible :

– Écoute bien, Tom ! Tu crois que je ne parle pas sérieusement, mais cette fois j'en ai pris mon parti, j'ai calculé les frais. Tu m'as toujours résisté, mais aujourd'hui, soit je te soumets, soit je te tue ! Je compterai chaque goutte de ton sang, à mesure que je les tirerai de tes veines – jusqu'à ce que tu plies.

Tom leva les yeux, regarda Legree et répondit :

– Ô maître ! chargez pas votre âme d'un si grand péché ! Il fera plus de mal à vous qu'à moi ! Mes tourments seront bientôt passés, mais les vôtres n'auront jamais de fin !

Legree parut pétrifié, l'œil fixé sur Tom. Ce ne fut qu'un instant, une hésitation de quelques secondes. Mais l'esprit du mal revint, sept fois plus terrible, sept fois plus furieux, et Legree, écumant de rage, terrassa sa victime.

Les scènes de cruauté révoltent nos cœurs et blessent nos oreilles. Ce que l'homme a la force de faire, il n'a pas toujours celle de l'entendre.

Tom savait que, pour sauver les autres, il ne pouvait pas se sauver lui-même, et aucune torture ne put lui arracher autre chose que de pieuses paroles, de saintes prières...

– Il est presque fini, maître, dit Sambo, touché malgré lui de la patience de la victime.

– Frappez jusqu'à ce qu'il cède ! hurla Legree. Je tirerai les dernières gouttes de son sang, jusqu'à ce qu'il avoue !

Tom entrouvrit les yeux et regarda son maître :

– Pauvre misérable créature, dit-il. Vous ne pouvez plus rien. Je vous pardonne de toute mon âme.

Et il s'évanouit.

– Je crois qu'il est fini pour de bon, dit Simon Legree. Ma foi, c'est fait ! Sa maudite gueule se taira à la fin. C'est toujours ça de gagné.

Oui, Legree, mais qui fera taire la voix qui crie au fond de ton âme ? Cette âme fermée au repentir, à la prière, à l'espoir, et dans laquelle s'allume un feu qui jamais ne s'éteindra !

Cependant, Tom n'était pas tout à fait mort. Les étranges paroles échappées durant ses souffrances, ses pieuses prières avaient touché même le cœur des deux misérables instruments de son cruel bourreau. Dès que Legree eut tourné les talons, ils s'empressèrent de le relever et s'efforcèrent de le ramener à la vie, comme si la vie lui était un bien !

– Pour sûr, on a fait là une mauvaise chose, dit Sambo. J'espère qu'elle sera au compte du maître, pas au nôtre.

Ils lavèrent ses blessures, lui dressèrent un lit grossier avec du coton de rebut et l'y étendirent.

L'un d'eux se glissa furtivement dans l'habitation et demanda, comme pour lui, quelques gouttes d'eau-de-vie qu'il revint verser dans la gorge de Tom.

– Oh ! Tom, dit Quimbo, nous avons été bien méchants, bien cruels avec toi !

– Je vous pardonne de tout mon cœur, murmura faiblement Tom.

LE JEUNE MAÎTRE

Deux jours plus tard, un jeune homme conduisait une voiture légère dans l'allée. Il jeta les rênes sur le cou du cheval, s'élança à terre et demanda à voir le propriétaire de l'habitation.

Ce jeune homme était Georges Shelby. Pour savoir comment il se trouvait là, il est nécessaire de remonter un peu le cours de notre histoire.

Par quelques malheureuses circonstances, la lettre de miss Ophélia à Mme Shelby avait été retenue un ou deux mois dans un bureau de poste et, quand elle atteignit sa destinataire, Tom était déjà vendu.

Mme Shelby lut avec une profonde tristesse les renseignements qui lui arrivaient, mais toute action immédiate lui était impossible. Elle se trouvait alors au chevet de son mari, atteint d'une grave maladie. Massa Georgie, qui n'était plus un écolier, mais un jeune homme, était le seul conseiller auquel elle pût s'en rapporter dans la gestion des affaires. Miss Ophélia avait eu la précaution d'envoyer le nom de l'avoué chargé de la succession de Saint-Clare. Tout ce qu'on put faire fut d'écrire à l'homme de loi pour s'enquérir de ce que Tom était devenu. La mort de M. Shelby, survenue peu après, avait occupé les siens, pendant toute une saison de deuil, d'affaires qui ne se pouvaient ajourner.

La réponse de l'homme de loi arriva: Tom avait été vendu aux enchères, il n'en savait pas davantage.

Ni Georges ni sa mère ne pouvaient se contenter d'un pareil résultat. En conséquence, six mois plus tard environ, Georges Shelby décida de descendre à La Nouvelle-Orléans et de mener son enquête jusqu'à ce qu'il ait retrouvé Tom pour le racheter.

Après quelques mois de recherches infructueuses, il rencontra par hasard un homme qui lui donna les informations désirées.

Il fut bientôt introduit auprès du planteur, qu'il trouva dans son salon. Legree reçut le visiteur avec une sorte d'hospitalité hargneuse.

– J'ai appris, dit le jeune homme, que vous aviez acheté à La Nouvelle-Orléans un dénommé Tom. Il demeurait sur l'habitation de mon père, et je suis venu dans l'espoir de le racheter.

Le front de Legree se rembrunit, et sa colère éclata :

– Oui, j'ai acheté un drôle de ce nom-là. Un marché du diable que j'ai fait là ! Le plus insoumis, le plus récalcitrant, le plus impudent chien ! Il a poussé mes Nèg's à s'enfuir. Il a reçu la plus sévère correction, le plus damné fouet dont j'aie jamais régalé un Nèg'. Je crois qu'il est en train de crever quelque part.

– Où est-il ? s'écria Georges. Où est-il ? Je veux le voir !

Les joues du jeune homme s'empourpraient, ses yeux lançaient des flammes, mais, prudemment, il se retint encore de rien ajouter.

– Il est par là, sous le hangar, dit un petit esclave qui tenait le cheval de Georges.

Legree donna un coup de pied à l'enfant en jurant. Sans dire un mot, Georges marcha droit au hangar.

Tom était resté couché deux jours depuis la fatale nuit. Il ne souffrait plus, chaque nerf ayant été émoussé, détruit. Il gisait dans une sorte de stupeur tranquille. Sa forte constitution avait peine à laisser partir l'âme qu'elle retenait prisonnière. Cassy, qui s'était glissée hors de sa cachette, l'oreille aux aguets, avait appris le sacrifice fait pour elle. La nuit d'avant, bravant le risque d'être découverte, elle s'était faufilée au chevet de Tom. Émue par ses dernières paroles, cette femme sombre et désespérée avait prié et pleuré.

Quand Georges entra sous le hangar, il fut pris de vertige ; son cœur se serra, ses genoux fléchirent.

– Est-ce possible ? Est-ce possible ? fit-il en tombant à genoux près de Tom. Oncle Tom. Mon pauvre ami, mon cher, mon vieil ami ! C'est ton petit Georgie, ton massa Georgie. Tu ne me reconnais plus ?

– Massa Georgie !

Tom ouvrit les yeux. Et il parut troublé. L'idée, le souvenir, se firent lentement jour dans son âme. Le regard vague devint fixe, l'œil s'éclaira, une lueur illumina les traits, les faibles et rudes mains se rapprochèrent, et deux larmes coulèrent sur ses joues.

– Béni soit le Seigneur ! c'est... ah ! c'est... tout ce qui me manquait ! Ils ne m'ont pas oublié ! Ah ! ça fait du bien au pauvre vieux cœur ! À présent, je meurs content !

– Non, tu ne mourras pas ! Je viens te racheter, je te ramène chez nous ! s'écria Georges.

– Ô massa Georgie ! Venu trop tard. C'est le Seigneur Jésus qui m'a acheté. Il m'appelle dans Sa demeure. J'ai hâte d'y aller. Le ciel est proche ! j'ai gagné la victoire ! Faut pas le dire à Chloé, comment vous m'avez trouvé. Pauvre âme ! ça serait trop terrible pour elle. Vous lui direz juste que vous m'avez trouvé près d'entrer dans la gloire, et que je pouvais rester pour personne. Dites-lui que le Seigneur est avec moi, toujours, partout.

À ce moment, Legree vint rôder près de la porte et regarda à l'intérieur avec une indifférence affectée, avant de s'éloigner à nouveau.

– Vieux Satan! s'écria Georges, indigné. Ma consolation est de penser que le diable lui revaudra ça un de ces jours!

– Chut! massa Georgie, ça me chagrine, faut pas penser comme ça. Il m'a pas fait réellement mal, il a seulement ouvert pour moi les portes du royaume. C'est tout.

À cet instant, la force éphémère dont la joie de revoir son jeune maître avait rempli le mourant s'évanouit tout à coup. Georges demeura frappé de respect: il lui semblait être dans un lieu consacré, et il se releva après avoir fermé les yeux sans vie.

Il se détourna: l'air renfrogné, Legree se tenait debout derrière lui.

La sérénité qui émanait de cette scène de mort réprima l'impétuosité du jeune homme. La présence du planteur n'excita plus chez Georges qu'un sentiment de profond dégoût et l'impatient désir de s'en délivrer au plus vite, avec le moins de paroles possible. Fixant ses yeux noirs et perçants sur Legree, il désigna le mort et dit:

– Vous en avez tiré tout ce que vous avez pu en tirer. Combien pour le corps? Je veux l'emporter et le faire enterrer décemment.

– Je ne vends pas des Nègres morts, repartit Legree d'un ton bourru. Enterrez-le où et comme il vous plaira.

– Garçons, dit Georges avec autorité à deux ou trois Nègres qui restaient là, à regarder le corps, aidez-moi à le soulever et à le porter dans ma voiture. Et donnez-moi une bêche.

L'un d'eux courut en chercher une, tandis que les deux autres aidaient Georges à transporter le cadavre. Le jeune homme n'adressa ni une parole ni un regard à Legree qui, sans contredire ses ordres, demeurait là, sifflotant avec une feinte indifférence.

Georges étendit son manteau, fit coucher le mort dessus, reculant le siège pour lui faire place. Enfin il se retourna, regarda fixement Legree et lui dit avec un calme forcé:

– Je ne vous ai pas dit ma pensée sur cette atroce affaire; ce n'est ni l'heure ni le moment. Mais, monsieur, ce sang innocent sera vengé. Je proclamerai ce meurtre. Je vous dénoncerai devant le premier magistrat que je pourrai trouver.

– Allez-y! dit Legree en faisant claquer dédaigneusement ses doigts. J'aurai plaisir à voir ça. Où comptez-vous prendre vos témoins? Où sont les preuves?

Georges comprit toute la portée de ce défi. Il n'y avait pas un Blanc sur l'habitation; or, dans les tribunaux du Sud, le témoignage des gens de couleur n'est rien.

– Après tout, que d'histoires pour un Nègre mort! dit Legree.

Ce mot-là fut l'étincelle dans la poudrière. Georges se retourna et, d'un coup frappé en plein visage, terrassa Legree.

Il est des hommes qui respectent tout de suite qui les roule dans la poussière. Legree était de ces natures-là. Lorsqu'il se fut relevé et eut secoué ses habits, il suivit des yeux, avec une sorte de considération, la voiture qui lentement s'éloignait.

Au-delà des limites de la plantation, Georges avait remarqué, en venant, un petit tertre sec, sablonneux et ombragé par quelques arbres. Ce fut là qu'ils creusèrent la fosse.

– Faut-il ôter le manteau, massa? demandèrent les Nègres lorsqu'elle fut prête.

– Non, enterrez-le avec. C'est tout ce que je peux te donner maintenant, mon pauvre ami, mon cher oncle Tom! Mais cela au moins, tu l'auras.

Ils le déposèrent enveloppé du manteau et jetèrent la terre, pelletée après pelletée, en silence. Une fois la fosse comblée, ils la recouvrirent de gazon.

– Maintenant, vous pouvez partir, mes enfants, dit Georges en leur glissant à chacun une pièce dans la main.

Mais ils demeuraient là, hésitants.

– Si le jeune maître voulait nous acheter?... dit enfin l'un d'eux.

– Nous le servirions fidèlement, ajouta l'autre.

– Je ne peux pas! Je ne peux pas! dit Georges avec tristesse. C'est impossible.

Désolés, les malheureux s'éloignèrent, la tête basse.

– Sois témoin, Dieu éternel! dit Georges en s'agenouillant sur la tombe de son ami. Oui, je Te prends à témoin qu'à compter de cette heure je ferai tout ce qu'un homme peut faire pour chasser de mon pays la malédiction de l'esclavage!

UNE HISTOIRE DE REVENANTS AUTHENTIQUE

Les histoires de revenants circulaient plus que jamais dans la maison de Legree.

On affirmait tout bas avoir entendu, la nuit, des pas descendre l'escalier du grenier et rôder dans les corridors. En vain avait-on fermé à clef la porte du dernier étage, le fantôme avait un double ou, usant de ce privilège acquis de tout temps aux revenants, il passait par le trou de la serrure et se promenait avec une liberté alarmante.

Sur son aspect extérieur, les avis divergeaient beaucoup, les Noirs – et les Blancs aussi – ayant pour habitude de fermer les yeux en pareille occasion, et de se cacher la tête sous une couverture, un jupon, ou tout autre voile à proximité. Or on sait que, quand les yeux du corps renoncent, les yeux de l'esprit n'en sont que plus éveillés. On faisait donc bon nombre de portraits en pied du fantôme, tous attestés et garantis ressemblants. Pourtant, comme il arrive souvent des portraits, il n'y avait entre eux d'autre analogie que le long suaire blanc, attribut classique des revenants.

Legree ne pouvait ignorer tout à fait ces murmures, d'autant plus impressionnants qu'on s'efforçait de les lui cacher. Il se mit à boire encore plus que de coutume et jura plus que jamais le jour, mais, la nuit, il faisait de mauvais rêves, et les visions qui hantaient ses nuits n'avaient rien de bien plaisant. La nuit qui suivit la mort de Tom, il se rendit à cheval à la ville voisine pour y faire une orgie: elle fut complète. Il rentra tard et, fatigué, ferma sa porte, en retira la clef et se coucha. Il se barricada, posa une chaise contre la porte, alluma une veilleuse et garda ses pistolets à portée de main. Il vérifia les espagnolettes des fenêtres, puis, jurant qu'il ne craignait ni diable ni démons, s'endormit.

Il dormit profondément, car il était fatigué, mais bientôt une ombre ténébreuse, une impression d'horreur, la vague appréhension d'un danger se glissèrent dans son sommeil. Cette fois, il en était sûr, quelque chose entrait dans sa chambre. Sa porte s'ouvrait, il n'en pouvait douter, mais se trouvait incapable de bouger. Enfin, il se retourna en sursaut: la porte était effectivement ouverte, et une main éteignait sa lumière.

Le clair de lune était voilé de nuages; pourtant il la vit – là – une chose blanche qui glissait plus qu'elle ne marchait. Il entendit le frôlement du linceul sur le parquet. Elle se tenait là, debout, immobile près de son lit. Une main glacée toucha la sienne et une voix étranglée murmura trois fois à son oreille: «Viens! viens! viens!» Et tandis qu'il gisait, couvert de sueurs froides, l'apparition disparut, sans qu'il comprît ni quand ni comment. Il sauta du lit et courut à la porte : elle était fermée à double tour. Alors il tomba évanoui.

À dater de cette nuit, Legree se mit à boire non plus comme autrefois, avec une certaine retenue, mais démesurément et sans arrêt.

Bientôt le bruit qu'il se mourait se répandit dans les environs. Personne ne pouvait supporter les horreurs de son agonie : il délirait, se débattait, hurlait, parlait de visions qui glaçaient le sang. Debout, près de son lit de mort, il voyait se dresser une figure blême, terrible, inexorable, qui lui répétait : « Viens ! viens ! viens ! »

Par une bizarre coïncidence, le matin qui suivit la première apparition du fantôme, on trouva la porte de la maison grande ouverte…

RÉSULTATS

Voyez-vous, au fond d'un des faubourgs de Montréal, cette petite maison proprette ? Là, à la tombée du soir, un feu joyeux égaye le foyer. Dans un coin de la chambre, sur une table couverte d'un drap vert, se trouve le pupitre à écrire, les plumes, le papier ; c'est le cabinet de Georges Harris ; car cette intelligence qui l'a rendu capable d'apprendre à lire et à écrire au milieu de tous les obstacles, fatigues et travaux de sa première vie, le porte encore à consacrer ses heures de loisir à cultiver son esprit.

À cet instant, il est à sa table, en train de prendre quelques notes sur un volume qu'il achève de lire.

– Allons, Georges, lui dit Élisa, veux-tu bien poser ce livre et nous parler un peu pendant que je prépare le thé ?

Elle est un peu moins jeune, un peu moins svelte, mais semble aussi heureuse qu'une femme puisse l'être.

– Henri, mon garçon, comment t'y es-tu pris pour faire cette addition ? demande Georges à son fils.

Henri n'est plus l'enfant aux longues boucles soyeuses, mais il a gardé les yeux brillants et un front haut et hardi qui se teinte de fierté quand il répond :

– Je l'ai faite tout seul, papa, tout seul : personne ne m'a aidé.

Nous n'avons rien de particulier à dire de nos autres personnages, sinon quelques mots sur Topsy et miss Ophélia et un chapitre d'adieu dédié à Georges Shelby.

Miss Ophélia emmena Topsy dans le Vermont, à la stupeur de ces gens graves et réfléchis que la Nouvelle-Angleterre appelle *notre monde*. L'initiative parut des plus inopportunes à « notre monde ». Mais les efforts de miss Ophélia pour remplir son devoir d'éducation envers son élève étaient trop zélés pour ne pas être efficaces. L'enfant se concilia rapidement les bonnes grâces des habitants de la maison et des familles du voisinage. Jeune fille, elle demanda à être baptisée et montra tant d'ardeur à se rendre utile, à faire un peu de bien en ce monde, qu'elle fut choisie pour être envoyée dans une mission en Afrique. Là, elle s'emploie à instruire les enfants de son pays.

LE LIBÉRATEUR

Toute la maison bruissait d'une agitation joyeuse ce jour-là : on attendait enfin massa Georgie. Mme Shelby s'installa au salon, où un feu de bois pétillant dissipait les froides brumes d'un soi d'automne. Sur la table du souper, argenterie et cristaux avaient été disposés sous la haute autorité de tante Chloé.

Parée d'une robe de cotonnade neuve, d'un tablier blanc et d'un haut turban bien empesé, elle rayonnait de plaisir et mettait la dernière main aux arrangements minutieux de la table, prétexte pour rester et causer un peu avec « la maîtresse ».

– La maîtresse a eu des nouvelles de massa ? demanda-t-elle à Mme Shelby.

– Oui, Chloé, une ligne ou deux, rien que pour dire qu'il sera ici ce soir. C'est tout.

– Et massa n'a pas dit un mot de mon vieux? rien?

– Non, il n'en parle pas, Chloé. Il dit seulement qu'il nous racontera tout à son retour.

– C'est bien de massa Georgie, ça! Petit garçon, il voulait toujours dire les choses lui-même. Oh! je le connais, massa Georgie! Bien sûr, mon vieux reconnaîtra pas les garçons, ni la petite mignonne. Polly est une grande fille maintenant, et une bonne fille, pas trop manchote. Elle est restée à la case pour surveiller le gâteau, celui que mon vieux aimait tant, celui que je lui avais fait le jour où on l'a emmené…

Mme Shelby soupira: ce souvenir lui tombait comme un poids sur le cœur. Depuis qu'elle avait reçu la lettre de son fils, elle éprouvait une inquiétude vague et craignait que son silence ne cachât quelque mauvaise nouvelle.

– La maîtresse a les billets? demanda Chloé avec inquiétude.

– Oui, Chloé.

– C'est que je voudrais faire voir à mon vieux les vrais billets que le confesseur de là-bas m'a donnés. «Chloé, qu'il m'a dit, je suis fâché que vous restiez pas plus longtemps. – Merci, maît', je lui ai répondu, mais c'est pas possible, parce que mon vieux va revenir, et que la maîtresse peut pas se passer de moi davantage.» Voilà tout juste comme j'ai dit.

Chloé avait tenu à ce que les mêmes billets de banque, qui lui avaient été payés comme gages, soient conservés pour qu'on les montre à son mari.

Un bruit de roues se fit entendre.

– Massa Georgie ! s'écria-t-elle en se précipitant à la fenêtre.

Mme Shelby courut à la porte d'entrée, où son fils la serra dans ses bras. Tante Chloé resta immobile, s'efforçant de toute la puissance de ses yeux de discerner quelqu'un dans l'obscurité.

– Pauvre tante Chloé ! dit Georges en s'arrêtant près d'elle et en serrant entre les siennes sa main noire, j'aurais donné tout ce que je possède pour le ramener, mais il est parti vers un monde meilleur.

Mme Shelby laissa échapper un cri de douleur, mais Chloé ne dit rien.

Ils entrèrent au salon. L'argent dont Chloé était si fière était étalé sur la table. Elle le ramassa et le tendit d'une main tremblante à sa maîtresse.

– Là, dit-elle, je veux plus jamais le voir, ni en entendre parler. Je savais comment ça finirait : vendu et assassiné, là-bas, sur ces abominables plantations !

Elle se détourna et se dirigea fièrement vers la porte. Mme Shelby la suivit, l'attira doucement sur une chaise et s'assit près d'elle :

– Ma pauvre bonne Chloé!

Il y eut un long silence pendant lequel tous pleurèrent ensemble.

Environ un mois plus tard, tous les esclaves de la plantation Shelby furent convoqués, un matin, dans le grand salon pour y entendre ce que le jeune maître avait à leur dire.

Il parut au milieu d'eux, une liasse de papiers à la main: c'étaient leurs lettres d'affranchissement. Il les lut et les distribua au milieu des pleurs et des exclamations de surprise. Mais plusieurs se pressèrent autour de lui pour le supplier de ne pas les congédier, de reprendre les papiers.

– Nous n'avons pas besoin de plus de liberté, disaient-ils. Rien ne nous a manqué ici. Nous ne voulons pas laisser la vieille maison, ni le maître, ni la maîtresse, ni rien!

– Mes amis, dit Georges, vous n'aurez pas à me laisser. L'habitation a besoin d'autant de bras que par le passé. Mais, à compter de ce jour, vous êtes des hommes et des femmes libres. Je vous paierai pour votre travail. Si je viens à m'endetter ou à mourir, vous ne pourrez être ni saisis ni vendus. Un mot encore! ajouta Georges, vous vous rappelez tous notre brave oncle Tom? C'est sur sa tombe que j'ai résolu devant Dieu de ne plus jamais posséder un esclave, tant qu'il me serait possible de l'affranchir. J'ai juré que personne ne courrait le risque d'être arraché, par ma faute, à sa maison, à sa famille, et d'aller mourir, comme Tom est mort, seul sur une plantation isolée. Ainsi, chaque fois que vous vous réjouirez d'être libres, songez que c'est à cette belle âme que vous le devez et payez votre dette en tendresse pour sa femme et ses enfants. Songez à la joie d'être libres chaque fois que vous verrez LA CASE DE L'ONCLE TOM.

QUELQUES REMARQUES POUR CONCLURE

On a souvent demandé à l'auteur si cette histoire était vraie. Les épisodes qui composent ce récit sont, pour la plupart, authentiques. L'auteur en a été le témoin ou les tient d'amis intimes. Les personnages sont des portraits d'après nature, et des phrases entières ont été retranscrites mot pour mot.

Le tragique destin de Tom n'a eu que trop de témoins vivants dans ce pays.

Durant la plus grande partie de sa vie, l'auteur évita toute lecture, toute conversation ayant trait à la question de l'esclavage. Le sujet lui semblait trop pénible. Elle espérait que les progrès des lumières et de la civilisation en feraient justice. Mais, depuis l'acte de loi de 1850, quand, à sa grande surprise, à sa profonde consternation, elle entendit des chrétiens, des hommes jouissant d'une réputation d'humanité, recommander comme un devoir de bon citoyen de rendre à leurs chaînes les malheureux esclaves fugitifs, elle se dit: «Ces hommes, ces chrétiens ne savent pas ce qu'est l'esclavage. S'ils en avaient la moindre idée, une telle question n'aurait jamais été soulevée.» Alors elle désira représenter, au vif et au vrai, l'esclavage tel qu'il est.

Habitants du Sud, hommes, femmes au cœur généreux, c'est à vous que l'auteur en appelle! N'avez-vous pas senti, au profond de votre âme, dans le secret de vos conversations, que ce système exécrable engendre des infamies, des plaies, des ulcères, qui dépassent de loin ce que nous avons esquissé dans ce livre? Peut-il en être autrement? L'homme est-il une créature à qui l'on puisse confier un pouvoir irresponsable? Et, en refusant à l'esclave tout droit de témoigner, le système de l'esclavage ne fait-il pas de chaque propriétaire un despote irresponsable?

Rien de tragique, rien d'affreux ne peut être écrit, raconté, conçu, que ne dépasse l'effroyable réalité des scènes qui, chaque jour, à toute heure, se déroulent sur nos rivages, à l'ombre des lois américaines, à l'ombre de la croix du Christ.

Maintenant, hommes et femmes d'Amérique, est-ce là une chose à traiter avec légèreté, une chose qui se puisse excuser et passer sous silence?

Les habitants des États du Nord diront-ils qu'ils n'ont rien à y voir, rien à y faire? Plût à Dieu qu'il en fût ainsi! Mais ce n'est pas vrai. Les citoyens des États libres ont défendu et encouragé le système: devant Dieu, ils sont plus coupables encore que ceux du Sud car ils n'ont pas pour eux l'excuse de l'éducation et de l'habitude.

Chrétiens, que devez-vous à ces infortunés? Ne leur devez-vous pas ce que tout chrétien américain doit à la race africaine, en réparation des torts que la nation américaine a eus envers eux? Les portes de vos églises et de vos écoles leur resteront-elles fermées? Les États se lèveront-ils pour les chasser loin d'eux? L'Église du Christ se détournera-t-elle de ces mains tendues vers elle? S'il doit en être ainsi, ce sera un bien piètre spectacle. S'il en est ainsi, l'Amérique aura de quoi frémir.

«Nous n'avons que faire d'eux, dites-vous, qu'ils aillent en Afrique!»

Inonder tout à coup le Liberia d'une population ignorante, inexpérimentée, à demi barbare, à peine échappée aux fers, ce serait prolonger indéfiniment cette période de luttes et d'épreuves inhérentes aux commencements des grandes entreprises. Que l'Église du Nord accueille ces pauvres souffrants dans l'esprit de l'Évangile, qu'elle leur ouvre nos écoles jusqu'à ce qu'ils soient parvenus à quelque maturité intellectuelle et morale, qu'elle les assiste alors dans le passage vers ces rives où ils pourront mettre en pratique les leçons apprises en Amérique.

Le premier désir de l'esclave émancipé tend vers l'*éducation*. Il n'est rien qu'il ne fasse, rien qu'il ne soit prêt à donner pour l'instruction de ses enfants.

L'homme de couleur, d'après les lois de l'Ohio, ne peut pas voter et, jusqu'à il y a peu, il ne pouvait pas non plus témoigner contre un Blanc dans un procès. Ce n'est pas dans l'Ohio seulement, mais dans tous les États que nous voyons des hommes n'ayant brisé leurs fers que de la veille faire eux-mêmes, avec une énergie admirable, leur éducation et s'élever à des positions sociales respectées.

Nous sommes à une époque où les nations tremblent et chancellent. L'Amérique est-elle en sûreté ? Toute nation qui porte en elle une grande injustice irréparée porte en même temps le germe de cette ultime convulsion.

Que veut donc cette agitation universelle du globe ? Que veulent ces murmures inarticulés de toutes les langues ? Ils veulent la liberté et l'égalité des hommes.

REPÈRES BIOGRAPHIQUES

1811

14 juin : naissance à Litchfield, dans le Connecticut, de Harriet Elizabeth Beecher, fille du révérend protestant Lyman Beecher, la dernière d'une famille de onze enfants, tous élevés dans la plus stricte rigueur puritaine.

1816

Mort de sa mère, Roxanna Beecher. Harriet a cinq ans.

1822

Sa sœur aînée Catharine fonde un pensionnat de jeunes filles, le « Hartford Female Seminary », où Harriet est élève, avant d'y devenir professeur de littérature biblique jusqu'en 1832.

1832

Le révérend Stowe s'établit avec sa famille à Cincinnati, à la frontière de l'Ohio, où il fonde et préside le « Lane Theological Seminary », un séminaire théologique. Harriet a vingt et un ans. Elle se lance dans l'écriture et rédige *Scènes et types des descendants des pèlerins*, un recueil d'histoires morales qui seront publiées onze ans plus tard sous le titre de *La Fleur de mai* (*The Mayflower*).

1835

Elle épouse Calvin E. Stowe, pasteur et professeur de littérature biblique au sein du séminaire dirigé par son père. Le couple aura sept enfants. Dotée d'une solide culture et membre d'un club littéraire – on dirait aujourd'hui un « atelier d'écriture » –, le « Semi-Colon Club », Harriet Beecher-Stowe écrit des récits publiés dans la presse locale. Cette activité littéraire apporte un appoint financier aux revenus familiaux.

1849

Son sixième enfant, Charley, meurt du choléra à l'âge de dix-huit mois.

1850

18 septembre : promulgation du « Fugitive Slave Act » (la loi sur les esclaves fugitifs) qui oblige la population à dénoncer et / ou à livrer aux autorités les esclaves en fuite, y compris dans les États libres. Or Cincinnati constitue une première étape importante pour les esclaves en fuite, la ville n'étant séparée du Kentucky que par le fleuve Ohio.

Cette loi, qui révolte Harriet comme son mari, lui inspire *Uncle Tom's Cabin or Life among the Lowly* (*La Case de l'oncle Tom ou la Vie des humbles*). Une nuit, un ami du couple voit une jeune femme noire tenter de traverser la rivière gelée avec un bébé dans les bras. Cette anecdote deviendra l'une des scènes les plus fameuses de *La Case de l'oncle Tom*.

Les Stowe quittent Cincinnati pour habiter Brunswick, dans le Maine, où Calvin va enseigner au Bowdoin College.

1851

Juin: *La Case de l'oncle Tom* commence à paraître en feuilleton au bas de la première page du *National Era*, un hebdomadaire antiesclavagiste de Washington. Il retient l'attention d'un éditeur de Boston qui le publie dès le mois de mars 1852.

1852

Dès le premier jour, trois mille exemplaires sont vendus. *La Case de l'oncle Tom* devient un best-seller non seulement aux États-Unis (trois cent mille exemplaires vendus la première année, plus de deux millions et demi après), mais aussi en Europe et en Asie. Il est traduit dans quasiment toutes les langues. L'ouvrage va provoquer des polémiques enflammées qui auront une influence décisive sur la guerre civile (guerre de Sécession), galvaniseront les abolitionnistes et porteront un coup terrible à la cause de l'esclavage. Avec *L'Oncle Tom*, les thèses abolitionnistes connaîtront une large diffusion, notamment grâce aux « Tom Shows », des saynètes racontant certains épisodes du roman.

1853

Harriet Beecher-Stowe publie *A Key to Uncle Tom's Cabin*, une série de documents sur l'esclavage qui viennent corroborer les faits décrits dans le roman. Le militantisme d'Harriet ne s'arrête pas là: dans les colonnes de *The Independent*, un journal new-yorkais, elle demande aux femmes américaines de prendre fait et cause contre l'esclavage, de faire signer des pétitions et d'organiser des groupes de parole sur le sujet.

Les Stowe quittent le Maine pour Andover dans le Massachusetts, où Calvin Stowe est nommé professeur de théologie au «Andover Theological Seminary». Une dizaine d'années plus tard, la famille ira habiter Hartford dans le Connecticut.

1856

Harriet Beecher-Stowe publie *The Chimney Corner*, dans lequel elle revendique l'égalité des sexes, ainsi que *Dred, a Tale of the Dismal Swamp* (*Dred, histoire du grand marais maudit*), la «suite» de *L'Oncle Tom*, mais l'ouvrage ne trouvera pas son public.

1859

Publication de *The Minister's Wooing* (*La Fiancée du ministre*), qui a pour cadre la Nouvelle-Angleterre puritaine.

1861

Début de la guerre de Sécession qui oppose les États esclavagistes du Sud aux États abolitionnistes du Nord.

1862

Harriet Beecher-Stowe est reçue par Abraham Lincoln à la Maison-Blanche. Le président des États-Unis l'accueille par ces mots: «Voici la petite femme dont le livre a déclenché une grande guerre.» Parution de *The Pearl of Orr's Island* et de *Agnes of Sorrento*.

1864

Parution de *House and Home Papers*.

1865

31 janvier: vote du treizième amendement abolissant l'esclavage sur tout le territoire américain. La guerre civile prendra fin quelques mois plus tard, avec la reddition sudiste d'Appomattox. Parution de *Little Foxes*.

1867

Parution de *Queer Little People*.

1868

Parution de *Men of our Time*.

1869

Publication de *Oldtown Folks*. *The True Story of Lady Byron's Life* (*La Véritable Histoire de la vie de lady Byron*) commence à paraître dans *The Atlantic Monthly* et fait scandale en Angleterre. En effet, Harriet y justifie la conduite de la femme du poète par les relations incestueuses que ce dernier entretenait avec sa sœur.

1870

La parution, dans le même journal, de *Lady Byron Vindicated* (*Lady Byron vengée*), met un point d'orgue au scandale.

1871

Publication de *Pink and White Tyranny*.

1872

Publication de *Oldtown Fireside Stories* et de *My Wife and I*.

1873

Les Stowe s'installent dans la maison de Forest Street, à Hartford, dans le Connecticut, où ils auront pour voisins Mark Twain et sa famille.

1878

Publication de *Poganuc People.*

1886

Mort de Calvin Stowe.

1896

Harriet lui survivra dix ans : elle décède le 1er juillet 1896, à l'âge de quatre-vingt-cinq ans.

TABLE